鈴木春信　あけぼのの冊子

伊原 勇一
Ihara Yuuichi

郁朋社

鈴木春信　あけぼの冊子／目次

装丁／宮田麻希

鈴木春信　あけぼの冊子

第一章　春は曙《あけぼの》

一

「大家さん……、次郎兵衛《じろべえ》さん……」

遠くの方から呼びかける声が聞こえる。

気持ちよく寝ているのに無粋《ぶすい》なことをする奴もいるものだと、眠りのなかで文句を言いながら、次郎兵衛は相変わらず頭から掻巻《かいまき》をかぶって横になっていた。ストトンストトンという調子のいい音も聞こえてくる。

「大家さん、次郎兵衛さん、起きてくださいよ」

声が近くで聞こえるようになった。同時に掻巻をかぶった体が揺すぶられている。仕方なく掻巻を脇にどけて目を開くと、五十になるお清《きよ》のしわだらけの顔が飛び込んできた。

「わっ」

驚いて飛び起きた次郎兵衛に、「もうとっくにお天道様《てんとさま》は上がってますよ」と、なじるように言うと、「ああ、お酒臭い、お酒臭い」と言って、お清は台所の方へ行ってしまった。

「ん？」

家のなかに何かいい匂いが漂っている。

「お清さん、いい匂いがするね」

次郎兵衛がお清の背中に問いかけると、「今日は七草粥《ななくさがゆ》ですからね」と返事があった。

江戸の町では正月七日の朝、刻んだなずなに小松菜を入れて粥にする。買っておいたなずなをまな板の上にのせ、恵方《えほう》に向かって「七草なずな唐土《とうど》の鳥が日本の国へ渡らぬ先に」と囃《はや》しながら包丁や棒でトントンと打つ。どこの家でも同じことをするので、この日は町中にこの音が鳴り響くのだ。先ほどから聞こえていたストトンストトンという音は、お清が包丁で打っている音だったのだ。

（そうか、今日は七草粥か……）

いい匂いの正体に気づいて、次郎兵衛は納得して顔をつるりと撫でた。

「それより次郎兵衛さん、あなた、数日前から今日はどこかへお出かけになるとおっしゃっていませんでしたか」

粥が入った飯茶碗と梅干しが入った小皿がのった箱膳《はこぜん》を運んでくると、お清はそう次郎兵衛に訊ねた。

「あっ、そうだった！」と叫ぶやいなや、次郎兵衛は握っていた箸を箱膳のうえに投げ捨て、あわてて寝間着を外出着に替えて帯を締めた。

「お清さん、朝飯はいらないよ！」

もどかしそうに草履《ぞうり》を突っかけると、襟巻きを首に巻きつけて、次郎兵衛は木戸脇にある家を飛び出した。

「おや、まあ。顔も洗わず、楊枝《ようじ》も使わず、どこにいらっしゃるのか」というお清の呆れたような声が後ろで聞こえたが、次郎兵衛はかまってはいられない。

長屋の突き当たりの共同井戸で、食器洗いや洗濯をしながらかまびすしく語り合っていた女たちが、どぶ板を踏んで木戸を走りぬける次郎兵衛の姿に目を向けた。

「大家さーん、おはようございまーす」

「そんなに急いで、今日はどちらまで？」

口々に問いかける女たちの相手などしている暇はない。掛け声を聞き流して、次郎兵衛は表通りに飛び出していった。

（しまった、しまった、またやってしまった……）

二町ほど走るともう息が切れたので、次郎兵衛は早足に切り替えた。すこし落ち着くと、頭の芯がズキズキと痛みはじめた。

（昨夜はいささか飲み過ぎたな……）

次郎兵衛は呼吸を整え、ゆっくりと歩き出した。

長屋の女たちから「大家さん」と呼ばれたこの男は、穂積《ほづみ》次郎兵衛といい、鈴木《すずき》春信《はるのぶ》という画号を持っている。だが九軒ある長屋の住人たちは、次郎兵衛が浮世絵師であることを知らない。絵草紙屋で「春信」と名が入った浮世絵を目にする者もいるはずだが、次郎兵衛がその当人だとは思いも寄らないようだ。

住人の中には、次郎兵衛の家に書肆《しよし》や絵師仲間がよく訪れるのを見て、次郎兵衛が絵を描くのを生業《なりわい》としているらしいとうすうす勘づいている者もいるようだが、住人にとってあくまでも次郎兵衛は大家。次郎兵衛が絵師であろうがなかろうが、住人らの暮らしにとっては何の関わりもないこと。

むしろ長屋の住人にとって、絵師の春信よりも、大家の次郎兵衛としての働きの方が重要なのであり、次郎兵衛の方でもそれでいいと思っている。そもそも長屋の管理をするのに、絵師としての才は必要ないのだ。ただ、しっかりと大家の仕事をしていればいいだけの話だ。

次郎兵衛は、あえて自分が浮世絵師であることを公言してはいない。浮世絵師でございといっても、所詮は画工、つまり職人だ。大工や左官《さかん》とどれほどの違いがあるのか。狩野《かのう》派《は》や琳派《りんぱ》の御用絵師ならいざ知らず、一枚何文《もん》で売るような慰み絵を描いて口を糊《のり》する仕事なのである。だから絵師であることがばれてもどうということはないのだが、こちらからわざわざ言うほどのことはないと次郎兵衛は思っている。

大家のなかには土地や家屋を持った世襲の家主もいたが、次郎兵衛はひょんなことからある人物の伝手《つて》を頼って株を入手し、この幸右衛門《こうえもん》店《だな》の雇われ大家になった。型どおりに町名主、町内の地主、五人組らの承認を経て、町奉行所の許可を受け、新任の家主としてささやかながら披露の宴を催した。

大家になった次郎兵衛が驚いたのは、その仕事の量の多さだった。家賃の取り立てや家屋の修理、奉行所からのお触れの通達や訴訟の際の付き添い、人別（戸籍）の移動や関所手形の処理などのほか、町方与力や同心・岡っ引きとの連絡、迷子や行き倒れなどの対応、長屋の住人の婚礼や葬儀への出席、果ては夫婦喧嘩の仲裁や密通事件の立ち合いにまで顔を出さなければならないのである。

やたらと威張り散らす居丈高《いたけだか》な大家が多いなか、次郎兵衛は親身《しんみ》になって住人の相談相手になるので、ときには絵を描く暇もなくなるほどだった。

次郎兵衛の唯一の欠点といえば、酒のうえでの失敗が多いこと。次郎兵衛は自分の画号の「すずき」を「しゅずき（酒好き）」と洒落《しゃれ》るほどの酒好きで、細い体のどこに酒が入るのかと人からよくいわれる。四十路《よそじ》を越えても自制できない自分が情けないとは思うが、反省した翌日から同じことを繰り返している。

次郎兵衛は今、大きな目玉をさらに見開き、急ぎ足で歩いているが、真っ直ぐに進めない。

（しくじった、しくじった……）

新しい年を祝って、彫師《ほりし》や摺師《すりし》ら仕事仲間三、四人と連れ立って、自宅近くの煮売り酒屋に繰り出したのが昨夜のこと。いつものように、つい調子に乗って深酒をしてしまい、目が覚めたのが今朝の五ツ（午前八時）だった。

（急がなければ……）

次郎兵衛は、住まいのある神田白壁町《しらかべちょう》から市村座《いちむら》がある日本橋葺屋町《ふきやちょう》に向かっていた。市村座では正月二日から『ひらかな盛衰記《せいすいき》』が上演されている。

昨年の暮れのこと、次郎兵衛は日本橋本石町《ほんごくちょう》四丁目の版元・堺屋九郎兵衛から依頼され、今回の狂言を題材にした浮世絵を描いていた。

梅が咲く庭が見える縁に出て、右手に硯箱《すずりばこ》を持ち、左手を顎に添えてうつむき、じっと物思いにふける二代目・瀬川菊之丞《きくのじょう》の梅ケ枝《うめがえ》。画面奥には、小夜《さよ》の中山の無間《むけん》の鐘になぞらえて梅ケ枝が打つ手水鉢《ちょうずばち》を描いた。

浮世絵師が役者絵を描く方法には二つある。一つは舞台を見ずに絵師の想像で描く方法。もう一つは、芝居興行が始まったあとに舞台を実際に見て描く方法。当然、後者の方が写実性は強くなり迫力は増す。

だが、毎度そうゆとりのある仕事に恵まれているとは限らない。興行の前宣伝のため、演目と役者名だけを聞かされて短期間で仕上げることも多い。今回手がけた一枚絵も舞台を見ないで描いている。自作と実際の舞台に大きな齟齬《そご》がないかどうか不安に思った次郎兵衛は、それを確かめるつもりで家を出たのである。画工といえども、いくばくかの矜持《きょうじ》はある。

「うわあ、こいつはなんて人出だ。芋を洗うような人の波だ」

頼りない足取りで二丁町《にちようまち》までやって来た次郎兵衛は、二日酔いが吹っ飛ぶような人混みに思わず大声を発した。

二丁町とは中村座がある日本橋堺町《さかいちよう》と市村座が建つ葺屋町をさすが、この二つの小屋を中心に、結城《ゆうき》座、薩摩《さつま》座などの芝居小屋、芝居茶屋、料理屋、土産物屋、錦絵屋などが軒を連ねている。二丁町は一日に千両の金が落ちる場所として、吉原《よしわら》や魚河岸《うおがし》とともに勢を競っている。

「ちょっと通してくださいよ。ごめんなさいよ」

次郎兵衛が人混みをかき分けながら見上げると、中村座と市村座の屋根の上には九尺（約二・七メートル）四方の櫓《やぐら》が組まれ、櫓幕が垂れている。市村座の櫓紋は橘《たちばな》、中村座のそれは銀杏《いちよう》。櫓は神が降りる目印であると同時に、幕府から興行権を許されたという証《あかし》でもある。屋根の下には、大小さまざまな文字看板や絵看板が並んでいる。

小屋の前には贔屓《ひいき》筋から贈られた酒樽や菓子の蒸籠《せいろう》などの積物《つみもの》が高く積まれている。積物の多さは小屋や役者の人気の現れであり、商品を提供する店の宣伝にもひと役買っている。

（これだけの酒樽を飲み干すには何日かかるか……）

二日酔いの頭で次郎兵衛は、性懲《しょうこ》りもなくそんなことを思った。

四年前の宝暦十年二月六日の夜、江戸に大火があった。火元は神田旅籠町《はたごちょう》の足袋《たび》屋で、北西風にあおられた火は日本橋、木挽町《こびきちょう》、さらに深川から洲崎《すさき》まで舐《な》め尽くし、四百六十町が被災した。寺社も八十個所が焼失するという大火事だった。このときの大火で中村座と市村座が焼失した。しかし両座ともすぐに普請《ふしん》にかかり、その年五月には見事に再建された。

市村座の方はひと月後の六月四日から『曾我万年柱《そがまんねんばしら》』を上演することになったが、その狂言に取材した細版紅摺絵《べにずりえ》を何点か描いたのが次郎兵衛、すなわち鈴木春信であり、次郎兵衛は二丁町とは切っても切れない縁があるのである。

（それにしても、灰燼《かいじん》からよく立ち直ったもんだ……）

次郎兵衛は人でごった返す表木戸前から小屋の裏の楽屋新道《がくやじんみち》にまわり、裏口から小屋に入っていった。芝居関係者や商人などはこちらから入るのが習わしだ。

「おはようございます」

次郎兵衛は楽屋番の親父に挨拶すると、楽屋口近くのお稲荷様に手を合わせ、そのあと各部屋を回って新年の挨拶をした。

楽屋は舞台の後ろにある。三階建てだが、火事対策のため幕府から三階建ては禁じられているので、二階を中二階《ちゅうにかい》と呼んでいる。役者の楽屋は立役《たちやく》が三階、女形が中二階と決まっている。一階には仕切り場のほか、下っ端役者の雑居部屋や囃子《はやし》方、道具方などの控えの部屋がある。

「ちょいとごめんなさいよ。通ります」

楽屋を出た次郎兵衛は、見物客であふれている小屋のなかを抜けて二階の向桟敷《むこうさじき》に上がっていった。向桟敷は安価なだけに舞台から遠くて役者の台詞がよく聞き取れないという難はあるが、ここからならすべてが見通せるというので、芝居通が好んで集まるところ。そもそも木戸賃を払わず、ただ見をするのだから安い席でいいのである。

三味線や太鼓の下座《げざ》音楽に心を浮き浮きさせられているのか、左右の桟敷や平土間《ひらどま》の枡《ます》席を埋めている見物客たちの顔は一様にほころんでいる。晴れ着をきた娘や女房たちは、さぞかし前の晩から着ていく衣裳や髪型に心を砕き、払暁《ふつぎょう》からいそいそと家を出てきたのだろう。

（やはり、正月の興行はいつもより華やかに見える……）

舞台で始まっている『ひらかな盛衰記』を堪能しながら、次郎兵衛の心も浮き立っていた。

『ひらかな盛衰記』は、全五段の時代浄瑠璃《じょうるり》。この狂言は『源平盛衰記《げんぺいじょうすいき》』に取材している。木曽義仲《よしなか》の討死《うちじに》から一ノ谷の合戦までを背景に、梶原源太景季《かげすえ》と腰元・千鳥《ちどり》との恋を描く二段目の「源太勘当《げんたかんどう》」、そして義仲の遺臣・樋口次郎兼光《かねみつ》の忠節を描く三段目の「大津の宿《しゅく》」「笹引《ささひき》」「逆櫓《さかろ》」のあとに、千鳥が神崎《かんざき》の遊女・梅ケ枝と名を変えて源太に尽くし、質に入れた鎧《よろい》を請け出すために金が必要になり、手水鉢を小夜の中山の鐘に見立てて打つ四段目の「神崎揚屋《あげや》」が続く。

「神崎揚屋」は「無間の鐘」ともいわれるが、有名な「袖《そで》引きちぎり三百両」という文句は、二代目・菊之丞の養父である初代・瀬川菊之丞が三百両を包むものがなかったので機転を利かして、咄嗟《とっさ》に自分の袖を引きちぎったのが評判となったといわれている。

その初代の芸を引き継ぎ、絶頂の人気を誇っているのが、今年二十三歳になる二代目・菊之丞。五歳で初代の養子となり、二代目を襲名したのは宝暦《ほうれき》六年の市村座顔見世。初代が演じた「百千鳥娘道成寺《ももちどりむすめどうじょうじ》」を披露した。

二代目は容姿に優れているだけでなく、地芸《じげい》や所作《しょさ》、時代物、世話物と何でもこなす。華麗な舞台姿が人気で、宝暦七年には若女形《わかおやま》の筆頭に置かれている。

二代目は江戸郊外、王子《おうじ》の生まれで通称「王子路考《ろこう》」。「路考」とは菊之丞の俳名で、この名のついた「路考髷《まげ》」「路考結び」など「路考風《ふう》」が庶民の間で大流行している。

(私が描いた梅ケ枝よりも舞台の路考の方がよっぽどいいじゃないか)

次郎兵衛は悔しいが、そう認めざるを得なかった。

(路考と初めて会ったのは、あれは……)

次郎兵衛は、ふっと思い返した。

次郎兵衛が二代目と初めて対面したのは、宝暦十一年一月に市村座で上演された『江戸《えど》紫根元曾我《むらさきこんげんそが》』の三立目《みたてめ》浄瑠璃「明霞名所渡《あけがすみめいしよのわたし》」の取材で楽屋を訪れたときだった。

挨拶をしようと市村座の中二階の楽屋をのぞくと、どきっとするほどの美人が鏡の前の絹の座蒲団の上でくつろいでいた。

「このたび、二代目の絵を描かせていただく画工の鈴木春信と申します」

次郎兵衛は、当世人気随一の名女形を前に丁重に挨拶をした。

「これは、これは。瀬川菊之丞と申します。よろしくお頼み申します」

婉然《えんぜん》と微笑しながらふり返った菊之丞は、男とは思えぬ美しさ。腰から尻にかけてのなまめかしさは女以上に女らしい。両手で支えた茶碗から茶を飲む口元から喉にかけての輪郭は、まるで舞台の一場面から抜け出てきたような妖艶さだった。

(これが当代きっての名女形か……。まるで天女か弁天様だ)

夢見ごこちで挨拶をすませ帰宅した次郎兵衛は、下絵の紙におおまかな構図を描き、構想を練った。

数日後、次郎兵衛は、隅田川に浮かぶ舟の上で笹を担《かつ》いだ狂女・おせんを演じる菊之丞を横大判で描きあげた。菊之丞の脇には、櫓《ろ》を舟中に置いて碇《いかり》模様の着物を着た渡し守・京の次郎役の市村亀蔵《かめぞう》を配し、上部には三囲《みめぐり》稲荷の鳥居、ほかに僧や馬子《まご》の姿も描き入れている。舞台を描きながら、実際の川の流れを描いているところに独創性がある。

(あれから四年。路考の美しさはますます磨きがかかっている……)

次郎兵衛がいる向桟敷からでも、舞台上の菊之丞はそこだけ光が当たって輝いて見える。菊之丞の美しさが、次郎兵衛の酩酊《めいてい》気分をさらに高めたようだった。

二

（おや、あれは……）

　芝居見物の帰り、迎え酒でも一杯やろうかと上野山下までやって来た次郎兵衛は、行き交う人でごった返す盛り場の一角で客引きをしている娘を見かけた。

「ねえ、旦那、寄って行かない？　温めてあげるよ」

　娘は通りすがりの男たちの手や腕をつかんでは勧誘を続けている。

（あの娘、たしか同じ長屋の……）

　お民《たみ》という名の娘である。母親のお豊《とよ》とともに西側の一番奥の家に住んでいる。お豊は湯島の亀村という料理屋で仲居《なかい》をしていると次郎兵衛は聞いていた。

（素人の娘が、こんな盛り場で夜遅く……）

　半丁先まで男を追いかけて戻ってきた娘がお民だと認めると、次郎兵衛の心中はざわついた。

　実は数日前、お豊からこのごろ娘の帰りが遅くて困っているという相談を次郎兵衛は受けていた。「何を言っても、分かってる、もう子供じゃないんだから、と言って聞く耳を持たないんですよ」とお豊は愚痴《ぐち》をこぼしていたが、そのときのお豊の困りはてたという顔を次郎兵衛は思い出した。

「もし、娘さん、お民さん」

次郎兵衛は娘の名を遠慮がちに呼んだ。万が一違っていたら、面倒な相手だと思ったからだ。

こんな場所でおのれの名を呼ばれるとは思ってもいなかったらしく、娘は驚いた顔で振り返った。

「お民さん、だよね？」

娘は次郎兵衛の問いかけにそうとも違うとも答えず、口を閉ざしたままである。

「おっ母《か》さんから話を聞いた。心配しているよ」

次郎兵衛がかけた言葉にお民は反応せず、無言のままだった。

「おい、お民、どうしたい？」

そのとき、見るからに堅気《かたぎ》ではないと分かる二十代の痩身《そうしん》の男が路地の暗がりから姿を現した。

色の浅黒い頬骨《ほおぼね》の突き出た酷薄そうな男は、次郎兵衛を威嚇《いかく》するように上から下からねめ回した。

「あんた、誰？」

「わたしは、この娘さんと同じ長屋に住む者だが……」

次郎兵衛は一歩引いて答えた。

「そうかい。赤の他人が、余計な口を挟むんじゃねえよ」

男は急に恫喝《どうかつ》する口調になった。

「この人の母親も心配している」

次郎兵衛は男のドスの効いた低い声に気圧《けお》されながらも抗弁した。

「その母親に楽をさせてやろうとして、お民は身を粉《こ》にして働いているんだぜ」

「しかし、こんな仕事は……」

「こんな仕事だと？」

男の顔つきがいっそう険しくなった。

「体を張って親のために汗を流す仕事にいちゃもんをつけようってのか」

「……」

次郎兵衛はこの男には何を言っても通じないと思い、黙したままだった。

「お民、行くぜ」

男はおのれの勝利を確信したかのように唾《つば》をぺっと吐き捨てると、娘を促《うなが》して歩き出した。

次郎兵衛は何もできずに、男に連れられていくお民の後ろ姿をじっと見送っていた。

盛り場で酔客《すいかく》に近寄っては懐《ふところ》の金をくすねたり、言葉巧みに怪しい安宿に連れ込んでは美人局《つつもたせ》まがいのことをする輩がいるということは次郎兵衛も聞いたことがある。お民がそういった犯罪に手を染めているかも知れないと考えると、次郎兵衛は心中穏やかではなくなった。

何かに急《せ》かされるように長屋に戻った次郎兵衛は、その足でお豊の家を訪れた。お豊はちょうど仕事から帰ってきたらしく、行灯《あんどん》に火を入れているところだった。

「夜分に失礼しますよ、お豊さん。実はつい先ほど、あるところで娘さんを見かけたんだが」

「……」

次郎兵衛が上野山下の盛り場でお民と会って話をしたと伝えると、お豊の顔はくもっていった。

「人相のよくない男と一緒だった」

次郎兵衛は思い切って打ち明けた。

お豊は見上げていた顔を下に向けて、つぶやくように言った。

「七三郎《しちさぶろう》っていう名のごろつきですよ。家にも二、三度やって来たことがあります。あんな奴とはつきあうなと何度も言ってるんですが、お民は、別に悪いことはしていない、みんなやっている、普通に汗水流して働くのが馬鹿らしくなっただけだ、と言うんです」

お豊の声は震えていた。

「そんなことをしていたら、先行ききっとよくないことが起きると口が酸《す》っぱくなるほど意見しても聞く耳を持たないんですよ、あの馬鹿娘」

涙ながらに訴えるお豊にかける言葉もなく、次郎兵衛は「まあ、しばらく様子を見ましょう」とお座なりの慰めを言って戸口を出た。

少しばかり贅沢《ぜいたく》がしたくて小銭を稼ぎたい娘たち。その娘心につけ込んで、彼女らを食い物にする男たち。どちらも取り締まりがあることは百も承知で、違法行為を続けているのである。

（取り返しがつかなくなる前に何とかしたいものだが……）

方策はまったくない。

家に戻った次郎兵衛は瓶《かめ》から柄杓《ひしやく》で水をくむと、ひと息に飲み干した。

ふと見ると、へっついの上の土鍋の中に朝、お清が作った七草粥がそのまま残っていた。すっかり冷え切っていて口にする気も起きない。

次郎兵衛は、お清のことをふっと思った。

お清の亭主は数年前に他界し、今は神田須田町《すだちよう》の水菓子《みずがし》問屋の手代をしている息子夫婦と近くの長屋に住んでいた。次郎兵衛はお清に、朝餉《あさげ》の用意と簡単な家事を依頼している。わずかな手当しか渡せないが、お清はそれなりに親身になって家事をこなしてくれているので、ありがたいことだと、次郎兵衛はいつも感謝していた。

次郎兵衛は台所に立って、布巾をかぶせた小皿の中の漬け物と、酒の入った徳利と盃を手に取ると座敷にあがり、行灯に火を入れた。薄明かりの中でゆっくりと酒を口に含む。

(それにしても、若いってのは、なかなか厄介なものだ……)

次郎兵衛は上野山下でお民に出くわす前、東叡山寛永寺《とうえいざんかんえいじ》の近くで見かけたある風景をふと思い出した。

どこかの裕福そうな娘が草履を脱ぎ捨て、使用人らしき男の背中に乗って塀越《へいご》しに伸びる梅の枝を手折《たお》ろうとしていた。人の目がないのを幸い、お転婆《てんば》ぶりを発揮したのだろう。それを見て微笑ましいと思った次郎兵衛は、「梅、娘、肩車」と画帳に書き留めたのだった。

（だが、やはり若い娘はいい……）

吉原遊廓や深川、品川などあちこちの岡場所に出かけることもあるが、次郎兵衛は玄人《くろうと》女の手練手管《てれんてくだ》というものがどうも好きになれない。百戦錬磨の女たちの一つ一つの言葉、一つ一つの仕種《しぐさ》がすべて計算ずくでできあがっていると気づくと、興ざめしてしまうのだ。

素人《しろうと》女の純な、打算のない言動が次郎兵衛には好ましく思えるのだった。それが、この年齢まで独り身でいる理由かも知れないと次郎兵衛は思う。

（それにしても、何とかできぬものか……）

次郎兵衛は酩酊《めいてい》する頭の中で、お民のことを考え続けていた。

三

二月に入り、まだまだ寒さは残るが、梅が咲き始め、春の予感を感じさせる陽気となった。江戸の梅見の名所は、亀戸梅屋敷《かめいどうめやしき》、向島百花園《むこうじまひゃっかえん》とあちこちにあるが、どこも盛況だと長屋の女房連中が井戸端で話しているのが耳に入ってくる。

次郎兵衛はここ数日、役者絵や摺物《すりもの》の仕事で家の中に閉じこもっていた。

(気散じに、どこかへ出かけてみるか……)

絵筆を止めて次郎兵衛がくつろいでいたところに、絵師仲間の石川豊信《とよのぶ》がやって来た。

「神田の書肆《しょし》に用事があってね」と言って、豊信は上がり框《かまち》に腰を下ろした。

石川豊信は五十代前半の人気絵師で、次郎兵衛より十以上年上である。西村重長《しげなが》の門人で、西村重信《しげのぶ》の名で仕事をしていたが、小伝馬町《こでんまちょう》の宿屋・糠屋七兵衛《ぬかやしちべえ》の家に入婿し、画名を石川豊信と改めた。

絵師には珍しく遊芸を好まぬ実直な人柄だが、得意とするのは遊里《ゆうり》を舞台にした美人画なのだから面白い人物だと次郎兵衛は思っている。豊信は創意工夫に長《た》け、背景に板の木目の流麗な線をそのまま摺りだした木目摺《もくめずり》を考案している。

「ところで春信さん、奥村政信《おくむらまさのぶ》が死んだの、聞いてるかい?」

豊信の思いもかけないひと言に、次郎兵衛は「えっ」と言って絶句した。

豊信の話によると、政信は二月十一日に死去したという。菱川師宣《ひしかわもろのぶ》や鳥居清信《とりいきよのぶ》に学び、独自の画風を作り出した絵師が政信だった。

奥村政信といえば、享保《きょうほう》年間、多くの贋作《がんさく》が作られるほどの人気絵師だった。奥村屋という版元を作って自作を中心に出版もしていた。丹《に》の代わりに紅で手彩色する紅絵や、さらにその紅絵の黒い部分に膠《にかわ》を使って光沢を出す漆絵《うるしえ》の開祖であり、また手前の部分が浮き出して見える浮絵《うきえ》や、極端に縦に長い柱絵《はしらえ》の創案でも知られた人物であった。

子供じみたところがある政信は自作の宣伝にも熱心で、作中にしきりに「正筆《しょうひつ》」とか「根元《こんげん》」という文字を記している。また、朱《しゅ》で瓢箪《ひょうたん》の印を用いて、政信の偽物《にせもの》には気をつけろという意味の文字を記してもいる。

ハッタリが好きな人物だといえばそのとおりだが、墨摺絵から紅摺絵に至るまで、七十九年の生涯で六十年もの間絵筆を握り続けてきた画業には、次郎兵衛も尊敬の念を抱いている。

「たしか住まいは通塩町《とおりしおちょう》でしたね」

次郎兵衛は豊信に確認すると、一緒に葬儀に参列する旨を伝えた。

豊信が引き上げたあと、感慨深いものが次郎兵衛の心を満たした。

次郎兵衛は政信の影響を強く受けていることを自覚している。和歌や謡曲などの古典文学の主題を当世風の風俗に変えて描く「やつし絵」の手法を、次郎兵衛は政信に学んでいた。政信の「七小町哥ゑづくし《ななこまちうたえ》」をもとにして、次郎兵衛は「風流やつし七小町」も描いている。

見立絵としてはすでに宝暦《ほうれき》四年に見立絵本『見立百化鳥《みたてひやつかちょう》』が刊行されていたが、次郎兵衛はそれに飽き足らず、題名や文章によって主題を明示することをせず、鑑賞者によってさまざまな解釈ができるような効果を狙った。自分なりに工夫したと自負している。

(今の私があるのは、政信先生のお陰だ……)

次郎兵衛はしばらくの間、瞑目《めいもく》していた。

数日後、奥村政信の葬儀が大勢の参列者を迎え、盛大におこなわれた。しかし次郎兵衛の心のなかはぽっかりと大きな穴があいたようで、筆を執る気力もわいてこなかった。

それから五日後のこと。

天候も良いので、次郎兵衛は気晴らしに浅草寺方面に足を向けた。浅草寺への参詣ついでに朝鮮通信使の行列を見学しようと思い立ったのである。

朝鮮通信使とは、室町時代から江戸時代にかけて朝鮮から日本につかわされた外交使節団である。はるか昔、安土《あづち》桃山の時代、豊臣秀吉が朝鮮に出兵するかどうか打診するため派遣されたことがあるが、無謀ともいえる文禄《ぶんろく》・慶長《けいちょう》の役で二国間の交流が断絶した。

江戸時代になって、日本側から朝鮮側に通信使の派遣を打診して再開されることになった。江戸幕府と李朝《りちょう》朝鮮の仲介の労をとったのは対馬《つしま》藩だった。

通信使は釜山《ふざん》から海路、対馬に渡る。そのあと馬関《ばかん》を経て瀬戸内海を通り、大坂から船を乗り換えて淀川《よどがわ》をさかのぼり、淀から輿《こし》や馬、徒歩で行列を連ね、陸路で京都を経て江戸に向かう。江戸城大手門《おおてもん》で馬に乗った上官は馬を下り、城内に入る。

朝鮮の通信使たちは科挙《かきょ》に合格した優秀な官僚たちであり、儒教をはじめ高い教養を身につけていたので、日本の儒学者たちは彼らとの交流を持つことに喜びを感じていた。また庶民にとっても、通信使の行列はめったにお目にかかれない楽しみの一つだった。

この年、宝暦十四年の通信使は江戸時代になって十一回目であり、目的は十代将軍・徳川家治《いえはる》の襲封《しゅうほう》祝賀のためであった。

通信使一行は二月十六日、江戸に入府する予定になっていた。江戸での宿所は、浄土真《じょうどしん》宗《しゅう》大谷派の筆頭別院である浅草東本願寺《ひがしほんがんじ》。東本願寺は「浅草御門跡《ごもんぜき》」と呼ばれ、二十以上の子院《しいん》・塔頭《たつちゅう》に囲まれた大伽藍《だいがらん》である。

東本願寺総門のある大通りには当日、横丁から人が飛び出して行列の進行を妨げないよう竹矢来《たけやらい》を組んでいる。

見物客は大変な数にのぼり、人々は近場で行列を見ようと朝早くから詰めかける。見物客目当てに菓子や餅を売り出す者がいる一方で、地面が冷えるというので、敷物として藁《わら》筵《むしろ》を売る者もいる。一枚が八文、十文と高値でも飛ぶように売れるから、商売人の顔は緩みっぱなしである。

竹矢来の内側にはすでに人だかりがしていた。次郎兵衛は東本願寺総門近くまで来ると、大通りにある何軒もの甘酒屋のなかからかろうじて一軒を見つけ、そこで見物することにした。珍しい異国の行列を見ようと出かけてきた人々が床机《しょうぎ》に腰かけて、今か今かと待ちこがれ、楽しそうに歓談している。

「ねえさん、私にも甘酒をくれ」

次郎兵衛は店の女に声をかけて、あいている床机の端に座った。

やがて運ばれてきた甘酒を飲みつつ待っていると、遠くの方から、笛や太鼓や、次郎兵衛がこれまで聞いたことがないようなにぎやかな楽器の音が聞こえてきた。楽器の音が徐々に大きくなるにつれて行列の全貌が明らかになってくる。

大通りの砂塵《さじん》を巻きあげて、大集団が迫ってくる。旗、幟《のぼり》、儀礼用の武具などが太陽を浴びてきらきらと輝いている。先払いをしているのは、馬上の旗手。右手に「清道《せいどう》」と大書した旗を掲げている。

「あの清道って、どういうことか分かります？」

隣に座っていた本多髷《ほんだまげ》の、やたらと顎《あご》の長い男が、舌足らずな口調で次郎兵衛に訊いた。

「いいえ」と次郎兵衛。

「あれはね、行列が進んでいく道を清めるってことなんです」

次郎兵衛よりも年下の、三十半ばと見える男はにたりと笑って答えた。

（なんだ、ただの知ったかぶりか……）

次郎兵衛はそう思って、視線を通信使の行列に戻した。

通信使本隊の行列は正使を筆頭に、三百人から五百人の規模である。その周りを日本人の警護が囲んでいる。

一行は喇叭《らっぱ》、鼓《つづみ》、鉦《かね》、笛などでにぎやかに演奏しながら、次郎兵衛たちが見物する前を通過していく。パッパラパー、ドン、チン、ピーヒャラという楽器の音が見物客らの気持ちをいやが上にも高ぶらせる。演奏を聞いていると、なぜか心が浮き立ってくる。

次郎兵衛は大集団の中でも音楽隊に興味を引かれた。つば広の帽子をかぶり、膝まである丹前《たんぜん》のような上掛けを着て、黒い革靴を履《は》いている一団。

甘酒をするのをやめると、絵心をかき立てられた次郎兵衛は懐から矢立と画帳を取り出し、機敏に筆を走らせた。

（そのうち注文が来るだろう……）

まだ頼まれてもいない注文を見込んで、次郎兵衛はせっせと絵筆を動かす。

やがて行列は東本願寺の境内に吸い込まれるように入っていった。それを機に、見物客たちは三々五々散っていった。見回すと、あの顎の長い男の姿もなかった。

次郎兵衛が、通信使の行列を見物した興奮も冷めやらず、浅草広小路までやって来ると、浅草寺の風雷神門《ふうらいじんもん》（雷門《かみなりもん》）が見えた。門を入ると両側に十二支院があり、その門前に小間物屋や土産物屋が並んでいる。銭瓶《ぜにがめ》弁財天を右に見て、突き当たりが仁王《におう》門。門をくぐると、右手に五重塔、正面に観音様を安置した本堂がある。広い境内にはたくさんの堂宇が建ち並び、善男善女であふれている。

浅草寺の本堂前や本堂裏には楊枝《ようじ》や歯磨き粉などを扱う楊枝屋が軒を連ねているが、大《おお》銀杏《いちょう》の木の下に本柳屋《もとやなぎや》という店があった。

店の看板に「源氏香《げんじこう》ひふし」と書いてあるが、これはお歯黒の材料。店の奥に歯磨き粉を挽く石臼《いしうす》があり、その前に十二、三歳くらいの可愛らしい女の子が座っていた。肌の色が抜けるように白く、目鼻立ちがくっきりとしている。

可愛い少女には目がない次郎兵衛の心が動いて、思わず店先から声をかけた。

「名は何という？」

次郎兵衛がやさしく訊ねると、女の子は「藤《ふじ》」と恥ずかしそうに答えた。

「お藤ちゃんか。この子は末が楽しみだな、親父」と次郎兵衛は店主に言葉をかけた。

「へい。ありがとうございます」と父親は答えたが、実は心配事もあると言った。

すでに藤を目当てに店に通い詰める若い男たちがいるという。遠くから眺めている分にはいいが、近ごろでは文を寄越したり、接待する藤の手を撫でさすったりする不逞《ふてい》の輩もいるという。世の中には年端《としは》もいかない女子に異常な執着を示す男がいることは次郎兵衛も知っている。

そもそも次郎兵衛にもその性癖があるので、彼らの性向が理解できないわけではない。だが、犯罪の領域にまで踏み込むとなると穏やかではない。心のうちで愛《め》でているに越したことはないと次郎兵衛は改めて思った。

（それにしても先々が楽しみな子だ。やがてはお仙《せん》と人気を競う看板娘になるかも知れない）

次郎兵衛の脳裏にふと、江戸で人気随一の茶屋娘、谷中《やなか》・笠森稲荷《かさもりいなり》のお仙の姿が浮かんだ。

本柳屋をあとにした次郎兵衛はそのまま歩いて、本堂裏に向かった。ここは奥山《おくやま》と呼ばれ、両国と並ぶ盛り場だ。いくつもの伽藍があり、その間に見世物小屋や楊弓場《ようきゆうば》や水茶屋が並んでいる。曲独楽《きよくごま》の大道芸人の姿も見える。

人込みを抜けて、次郎兵衛が三社大権現《さんじやだいごんげん》前の観音堂の近くまで来ると、松の木の下に屋根のついた葦簀《よしず》張りの小屋があった。真ん中に講席があり、そのうしろに「古戦物語　講師　しどうけん」の木札が懸かっている。なぜか胃痛・腹痛の薬「反魂丹《はんごんたん》」の看板も掲げてある。笑いすぎて腹がよじれたら、この薬を服用せよという洒落《しやれ》か。

講席を囲む三方に床机が置いてあり、そこに十六文の見料を払ったたくさんの聴衆が座っていた。

（ちょっと聞いていくか……）

次郎兵衛はこの辻講釈師を贔屓《ひいき》にしていた。この講釈師の軍談は何度も聞いているが、とにかく型破りなのである。

軍書を読むのは、頭が禿《は》げて歯が抜けて背中が曲がった皺《しわ》だらけの坊主頭の老人。名を深井志道軒《しどうけん》というが、嘘か真か、もと護持院の僧だったという噂である。八十過ぎの高齢だが、ずいぶん前からこの場所で講釈をしている。

黒羽織を着て小机の前に座り、手に九寸（約二十七センチメートル）ほどの魔羅《まら》（男根）の形をした棒を持っている。その棒でトトントトンと机を叩き、名調子で軍談を語るのである。机の上には自著『元無草《もとなしぐさ》』と茶碗。ときどき間を置いて、白目でじっと聴衆をねめ回す。なぜか女の客が立ち止まって聞こうとすると、白目をむきだし罵倒する。僧侶が来ると、罵詈《ばり》雑言《ぞうごん》を吐き散らす。まことに傍若無人な年寄りだが、不思議と憎めないところがある。

「そもそも伊勢《いせ》物語の井筒《いづつ》の娘が、我が黒髪も肩過ぎぬ、君ならずして誰か上ぐべき、と詠んだのは、こなさんならで新鉢《あらばち》割らせる人はない、唾《つば》をつけて随分そろそろしてくんな、との枕詞《まくらことば》なり」

魔羅棒をトトントトンと叩き、女の身ぶりや声音を巧みに真似て軍談の合間合間に猥《わい》談《だん》や法螺《ほら》話を挿入し、聴衆を抱腹絶倒させる。

実に奇々怪々な老講釈師だが、古今に並び無き講釈師との評判で、今や歌舞伎役者の二世・市川団十郎と人気を二分するほどの実力の持ち主だというから、江戸の七不思議の一つといっていいかも知れない。

志道軒は一枚絵に描かれたり、今戸《いまど》焼きの人形や根付《ねつ》けが作られたりもしているうえに、祭りの行灯や髪結床《かみゆいどこ》の障子にも似顔が描かれる人気だというから、わけが分からない。

興が乗れば昼だけでなく夜も講釈し、頼まれれば大名や富豪の別荘にも出かけるという。

この時代、政道批判はご法度《はっと》だが、公儀《おかみ》などは志道軒の眼中にはない。宝暦八年に同業の馬場文耕《ぶんこう》が舌禍《ぜっか》にあって刑死しているのだが、なぜかこの男には一度もお咎《とが》めがないというのが不思議といえば不思議である。

(そういえば、政信にも志道軒を描いた絵があったな。私も一つ描いてみるか)

次郎兵衛は先日死去した奥村政信のことを、ふと思い出した。

(平賀源内《ひらがげんない》にも『風流志道軒伝』という談義本があったが……)

そのとき、客のなかから大声でげらげらと笑う声が聞こえた。次郎兵衛が目を凝《こ》らすと、あの顎のしゃくれた男が前の方の床机に座って腹を抱えて笑っているのだった。

(またあの男か……)

次郎兵衛は、行く先々で見かける顎男との不思議な因縁を感じた。

四

夏至《げし》もすぎて、五月雨《さみだれ》がしとしと降り続いていたが、今日は久しぶりに日が差して蒸し暑い。暑さに向かう江戸の町に、夏の物売りが姿を現す。

心太《ところてん》売り、酸漿《ほおずき》売り、扇の地紙《じがみ》売り、定斎《じょうさい》売り。定斎売りが担ぐ天秤棒につるされた薬箱の鐶《かん》が歩くたびにカタカタとなる。このカタカタという音が、今の次郎兵衛の心をかき乱す。

文机に向かって書見をしていた次郎兵衛のもとに、岡っ引きの幸助が息せき切ってやって来た。

「次郎兵衛さん、お豊が盛り場で、男を刺した」

幸助は腰障子をあけるやいなや、そう伝えた。

幸助の話によると、お豊は自宅から持っていった包丁で上野山下の矢場で遊んでいた七三郎の腹をひと突きにしたという。お豊はすぐに土地の岡っ引きに捕縛され、自身番に連れていかれた。住まいを素直に吐いたので、幸助のところに知らせが入り、幸助はすぐに自身番に駆けつけたという。

次郎兵衛は幸助とともに自身番に向かった。町役人に挨拶して、奥の板の間に上がると縄に掛けられたお豊が項垂《うなだ》れて座っていた。

幸助が浅黒い顔を近づけて次郎兵衛にささやいた。

「人を殺そうとしたんでさあ。このまま帰されるわけはねえ。しばらくは帰ってこれねえでしょう」

幸助の話によれば、娘のお民は、四谷荒木町《よつやあらきちょう》の植木屋に嫁いだお豊の妹のもとに預けられることになったという。

「これでお民も男との関わりが切れればいいんですが、奴らは蛇みてえに執念深い。よっぽど奉行所からきつく申し渡しをしておかねえと、元《もと》の木阿弥《もくあみ》になっちまう」

幸助は厳しい顔つきでそう言った。

「強い気持ちを持って、関わりを断つのが一番なのだけれどね」

次郎兵衛は、お民の行く末を慮《おもんぱか》った。

翌日、お豊は定町廻《じょうまちまわ》り同心に引き渡され、奉行所に連れていかれた。大家の次郎兵衛も呼び出され、事情を聞かれた。娘のためを思った末の犯行ゆえ寛大な処分を、と次郎兵衛は願い出た。

六月二日、宝暦から明和《めいわ》と改元された。

近ごろ、次郎兵衛は水絵《みずえ》をよく描いている。水絵は、輪郭に墨線を使わずに藍《あい》、紅、黄、緑などの淡い色彩だけで摺った版画である。政信や重政らが手がけていたが、次郎兵衛も熱心に取り組み「石山寺秋月《いしやまでらしゅうげつ》」など多くの作品を描いている。だが、満足できない。次郎兵衛は自分が進もうとしているのは、そちらの方ではないと思っている。

水絵だけではない。役者絵を、と版元から注文があれば小器用にこなしているが、次郎兵衛は今描いている紅摺絵《べにずりえ》にけっして満足しているわけではない。絵を描くことそのものが好きだから細かな仕事を引き受けてはいるが、何か物足りない。その空虚感がこのところ次郎兵衛を襲っている。

江戸に下ったころの次郎兵衛は、鳥居派の画風にならった細版紅摺の役者絵を多く手がけていた。当時、鳥居家三代目の清満《きよみつ》が芝居小屋の看板絵以外にも黒本や黄表紙《きびょうし》の挿絵、紅摺絵の美人画、役者絵などを描いていたが、清満を中心とする鳥居派はもう古臭くなっていると次郎兵衛は感じていた。いつまでも「瓢箪足《ひょうたんあし》」「蚯蚓描《みみずがき》」の時代でもなかろうと思っていた。

それに、役者の名声で売れる絵ではなく、名もない普通の男女の情愛を描いた作品を出したいと次郎兵衛は常々考えていた。紅摺絵に満足しない次郎兵衛は、どうにかして多色《たしょく》摺《ずり》版画ができないものかと思案し続けていたのだった。

鬱々《うつうつ》とした日々を送っていたそんなある日、神田白壁町の次郎兵衛の自宅を訪れた者があった。

「どなたかな」と書き物をしていた次郎兵衛が文机の前から腰を上げて戸口に出ると、なんとあの顎のしゃくれた男が立っていた。

「あ、あんたは……」

絶句した次郎兵衛に、男は邪気のない顔をして、「空き家があるそうですな。よかったら貸してくれませんか」と舌足らずのような発音で言った。

「たしかに一軒空いていますが」

次郎兵衛は訝《いぶか》しげな顔で答えた。

最近までお豊とお民が住んでいた西側の一番奥の家が空いている。

「先日、長屋の前を通りかかったら、木戸に空き家ありますの札《ふだ》がかかっていたので」

「そりゃ、空いていることは空いていますが……」

次郎兵衛はまだ不審な気持ちを払拭《ふっしょく》できなかった。

店子《たなこ》の中に盗人や火付けが出ると、すべて大家の管理不届きということで責任問題となる。だから大家は長屋の入居者については身元をしっかりと確認し、問題がないことを確かめてから入居させることになっていた。つまり次郎兵衛の慎重な対応は、大家としては至極当然のことといえた。

「これは失礼しました。申し遅れましたが、私の名は平賀源内《ひらがげんない》と申します。戯作《げさく》を書いたり、本草学《ほんぞうがく》を学んだりしては気ままに暮らしている者で」

「平賀、源内」

男の名を聞いて、次郎兵衛は肝をつぶした。

源内がいう本草学とは、薬用となる自然の産物を研究対象とする学問のことで、その名称や大系は中国から伝わった。国内の自然物の採集、観察などとともに産業発展にも結びつき、これからの時代に大いに期待される領域といわれていた。

「そうそう。よろしかったら、これをどうぞ」

源内は、徳利に入った酒を差し出した。

どこかで次郎兵衛の酒好きを聞いたらしい。

「そうですか、あなたが平賀源内さんですか。ちょっとお上がりなさい」

次郎兵衛は源内を座敷に案内した。茶を入れて出すと、対座した源内に次郎兵衛は浅草で初めて見かけたことから話し出した。

「ああ、朝鮮通信使のときですね。私は医学と本草学にとりわけ関心がありましてな。人参《にんじん》やら何やら、朝鮮で用いられている薬について、あちらの人たちと問答をするのが楽しみでしてね。私は何にでも首を突っ込む質《たち》で、あちこち顔を出したり出かけたり。貧乏暇なしってところで」

このころ、市井《しせい》の者と朝鮮通信使との接触は、表向きは禁じられていた。だが、うまく抜け道を見つけて接触する者はどこにでもいる。とりわけ医学と本草学に関心がある者は何とかして接見したいと熱望していた。というのも、一行の中には病気治療のための医師や鍼灸師《しんきゅうし》がいて、彼らから最新の技術や知識を得ることができたからだった。本草学の分野でも、人参の薬効について関心がある邦人が何とかして講義を聞きたいと切望していた。

「浅草寺のあと、志道軒の講釈でもお見かけしましたよ」

次郎兵衛が思い出して言った。

「私は志道軒をタネに戯作を書いているんですよ」

源内はあっさりと答えた。

『風流志道軒伝』のなかで源内は、風来山人《ふうらいさんじん》こと源内本人に諭《さと》されて世界を遍歴する才人として志道軒を描いている。

「あの本が上梓《じょうし》されたとき、私は湯島の茶屋に志道軒を招待して、弟子として入門を願い出て許されたんです」

源内はまことしやかにそう言ったが、どこまでが本当の話なのか、次郎兵衛には判断がつかなかった。

話があらぬ方へどんどん広がっていくので、次郎兵衛は話を戻した。

「今はどこにお住まいで？」

「神田鍛冶町《かじちょう》の二丁目です」

「ああ、恵比須《えびす》の井《い》のあるところですね」

井戸を掘ったら恵比須の土人形が出てきたというので、その名がついたという井戸である。

「同じ神田だから、家移《やうつ》りも楽だと思いましてね」

源内が言った。

平賀源内なら身元は確かだ。そう得心した次郎兵衛は、源内の引っ越しを認めることにした。

「源内さんなら間違いはないでしょう。分かりました。結構ですよ。前の住人が綺麗に使っていましたから、家はそのまま入れます。いつでもどうぞ」

次郎兵衛がそう言うと、「では、明日にでも」と源内は答えた。

「えっ、明日？」

「はい。もう荷造りは済んでいますので」

源内は立ち上がると、せっかちに戸口に向かった。

「そうそう、引っ越してきたら、拙宅にもぜひおいでください。と言っても、ほとんど留守にしていますがね」

ははは、と大笑して源内は腰障子をあけて帰ろうとしたが、踵《きびす》を返して「忘れていました。次郎兵衛さんは鈴木春信という画号をお持ちだそうで。絵草紙屋でお作は拝見していますよ」とひと言つけ加えた。

「通信使の中には宮廷に仕える絵師もおります。よかったら、いずれ紹介しますよ」

源内はそう言い残すと、忙しそうに去っていった。

あれが当世きっての才人、平賀源内か、と次郎兵衛は改めて感嘆した。

平賀源内は高松藩志度浦《しどうら》の蔵番《くらばん》、白石茂左衛門《しろいしもざえもん》の子として讃岐国《さぬきのくに》志度浦に生まれた。長崎で本草学、医学を学び、江戸に出て田村元雄《たむらげんゆう》に師事。昌平黌《しょうへいこう》に籍を置き、賀茂真淵《かものまぶち》のもとで国学を学んでいる。

儒学、国学、医学はもとより、物理、化学、動植物、地理、鉱物学のほか、油絵の技法、製陶《せいとう》の技術まで会得《えとく》していると次郎兵衛は耳にしたことがある。日本初の物産会の主催、朝鮮人参の栽培、薬品の調合、鉱石の発見、火浣布《かかんぷ》の製造と、源内の行くところ可ならざるはなし、というのは満更ハッタリではないと次郎兵衛は思った。

物産会で成功した源内は、本草学者としての名声を得て、それを足がかりになんとか高松藩からの「仕官お構《かま》い」（他家への仕官禁止）を解いてもらい、幕府への登用を目論んでいたのだったが、結局失敗した。そんな鬱々とした気分を追い払うかのように、源内は全国を飛び回っているのである。

心のなかに何か大きな鬱屈を抱えている人物だ、と次郎兵衛は思った。

五

翌日の昼近く、次郎兵衛が俳諧摺物《はいかいすりもの》の頼まれ仕事をしていると、左官屋の熊三《くまぞう》の倅《せがれ》で五歳になる太助がやって来て、「源内という人が、お暇でしたら来てくださいって言ってるよ」と伝えにきた。

絵道具を片づけたあと、次郎兵衛は長屋の西端にある源内の住まいを訪れた。家の前には空《から》の大八車が置いてあった。

三坪ほどの家のなかに入って驚いたのは、玩具箱《おもちゃばこ》をひっくり返したような乱雑さだった。舶来の珍奇な器具があちこちに散乱し、高額そうな和洋の書物が座敷の上に山と積まれ、足の踏み場もない。

「ようこそ、いらっしゃいませ」

お茶を運んできたのは、身なりと髪型は女だが、前額《ぜんがく》に紫色の野郎帽子をつけ、振袖の上に羽織を着ているので明らかに陰間《かげま》と分かる美少年。次郎兵衛に茶を差し出すと、部屋の片隅にいって色っぽい仕種で横座りしている。

（まるで女だ……）

次郎兵衛は、源内が美少年好みだという噂を思い出した。

わずかな座敷の隙間には源内と美少年のほかに、四十代の男が一人と、三十代と二十代の二人の医者風の男が窮屈そうに座っていた。

「急に呼び出したりしてすみませんね。私は近々、秩父《ちちぶ》の方まで出かけなきゃいけないもので」

源内は吸っていた煙管《きせる》の雁首《がんくび》を煙草盆の灰吹きにポンと叩いて、次郎兵衛に微笑んだ。煙草の火が座敷のうえの丸められた反故《ほご》紙に燃え移りそうで、次郎兵衛は冷や冷やした。

「ちょうどいい具合に、この三人が引っ越しの手伝いに来てくれたもんだから。次郎兵衛さんと顔合わせをしておいた方が双方にとっていいんじゃないかと思いましてね」

源内はしゃくれた顎で同席している男たちを示した。

「こっちの幸さんは、楠本幸八郎《くすもとこうはちろう》というんですが、南蘋《なんぴん》派絵師の宋紫石《そうしせき》と呼んだ方が、絵師の次郎兵衛さんには聞き馴染みがあるかも知れませんね」

四十代後半のがっしりした体躯《たいく》の男は「お初にお目にかかります」と挨拶した。

宋紫石は若くして画家を志し、長崎に遊学。南蘋派絵師の熊斐《ゆうひ》について沈《しん》南蘋の画法を学んだが、清《しん》人画家の宋紫岩《しがん》に入門して紫石と号した。江戸に戻り、南蘋派画風の教育と普及に努めて一派を形づくった。

「幸さんは、先年出版された私の『物類品隲《ぶつるいひんしつ》』に挿絵を描いてくれました」

『物類品隲』とは、宝暦七年から源内が携わってきた薬品会の成果をまとめた博物誌である。十三部に分けて物産を列挙し、産地別の品評を加えている。顔料、石鹼、爬虫類《はちゅうるい》の瓶《びん》詰《づ》め、白砂糖の製造法などを紹介。従来の本草学や物産学に西洋博物学の知識を加えたところに新味がある。

この『物類品隲』の編集の際に源内が参考にしたのが、ベルギーの植物学者・ドドネウスの『植物図譜《ずふ》』とポーランドの動物学者・ヨンストンの『動物図譜』。両書とも寛文三年に江戸参府のカピタンによって四代将軍・家綱《いえつな》に献上されている。

「幸さんは、私が所有していた『動物図譜』を手本にして、『古今画藪《ここんがそう》』という本も著しています」

源内と宋紫石が深い学問上のつながりを持っていることを次郎兵衛は知った。

「こちらは杉田玄白《げんぱく》さん。私とは長崎屋で知り合った」

源内が次に紹介した三十代半ばのひょろりとした男は、「どうも」と言って頭を下げた。人と話すのがあまり得意ではないようだ。

長崎屋とは、オランダ商館長一行が江戸参府の際に宿泊する旅宿の名である。江戸の蘭医、蘭学者、天文学者らは日本橋本石町《ほんごくちょう》にあるこの旅宿を訪問しては新知識を仕入れ、互いに意見交換し、切磋琢磨《せっさたくま》していた。幕府は一般人がオランダ人と交流するのは禁じていたが、蘭学者にだけは許可していた。

好奇心旺盛な源内は毎年必ず長崎屋まで足を運んだが、そこで多くの人々と交友関係ができていた。その一人が杉田玄白だった、と源内は語った。

杉田玄白は江戸でオランダ流外科を開業する蘭方医であり蘭学者だが、若狭小浜《わかさおばま》藩医であった。玄白は宋紫石ら洋風画家との交友もあり、画技にも長《た》けていた。

「幸さんも玄白さんも日本橋通《とおり》四丁目に住んでいるが、奇《く》しくも住まいが隣同士なんです」

源内が補足するように言った。

「そして、この若者が中川淳庵《じゅんあん》さん。なかなかの才人です」

最後に紹介された二十代の中川淳庵は、玄白と同じ小浜藩の藩医の息子だという。朝鮮人参の栽培に尽力し、のちに幕府医官となった田村元雄の弟子だが、蘭学にも関心があってオランダ語を習っている。玄白とは子供のころからの知り合いだという。

画家に医者。源内の周囲にはさまざまな人材が集まる。源内という人物は、一度当人に会うと、すっかりその人柄に魅了されてしまう不思議な力を持っている、と次郎兵衛は感服した。

源内は興のおもむくままどこにでも出かけ、何にでも首を突っ込む。そして知識だけに留まらず、実際におのれの手で物をつくってしまう。しかも、それが素人とは思えない出来なのだから、見せられた人々はみな感嘆させられる。

「そうだ、そうだ」と言って、源内は思いついたように書物の山をまたぐと、部屋の片隅に置いてあった行李《こうり》の中から、ある器械を取ってきた。

源内が初めての長崎遊学から帰った宝暦五年一月につくったものだという。吊り金具で腰にさげて使うのだが、片面には一間《けん》から六十間まで、もう片面には最大三十六丁までの目盛りと針がついていて、歩くたびに内蔵された振り子が揺れて歩行距離が計れるようになっている。量程器《りょうていき》というのだそうだ。

「こんなものをよく考えつくもんだ」

宋紫石が感心してそう言うと、「私は小さい時から、こんな細工が大好きでね」と源内は答えた。

源内が十二歳の時に作った「お神酒天神《みきてんじん》」の話も次郎兵衛は聞かされた。掛軸《かけじく》の天神像の前にお神酒を供えて人が手を合わせると、そのわずかな隙にこちらが裏で糸を引く。すると裏の赤紙が引き上げられ、薄くなっている天神の顔の部分に赤紙が透けて見え、まるで酒を飲んだように天神の顔がぽっと赤くなるというカラクリ。

「今思えば子供じみた仕掛けだがね」

源内は満更でもなさそうに言って、茶をすすった。

「火浣布《かかんぷ》のほうは評判だったじゃないですか」と玄白が言った。

「うむ。まあまあだね」と源内。

火浣布とは、火で浣《あら》う布の意。布が汚れたとき火に入れて焼くと、汚れがきれいに焼け落ちるが布は少しも焦げていない。これが火浣布で、材料は石綿《いしわた》だという。源内は長崎でこの布を見、『本草綱目《ほんぞうこうもく》』でも目にしたことがあったとのこと。

「この火浣布ができるまでには、いろいろと経緯《いきさつ》があってね」

淳庵がそこで補足した。

ちょうどそのころ、源内は『物類品隲』の校訂をしてくれた中川淳庵から、石綿で火に燃えない布を織ることができないかとの相談を受けていた。猪俣《いのまた》村野中《のなか》の中島利兵衛《りへえ》宅を訪ねた源内は、奥秩父中津川《なかつがわ》村両神山《りょうかみさん》まで足を延ばし石綿を発見したが、それを用いて今年二月、火浣布織製に成功。三月に説明書「火浣布説」を書き、青木昆陽《こんよう》の紹介で江戸滞在中のオランダ商館長一行にも見てもらった。

ひと目見たカピタンは、良質の火浣布だと褒《ほ》めたまではよかったが、そのあとに自国で制作したという二尺（約六十センチメートル）四方の火浣布を源内に見せたのだった。

「私がつくったのは三寸（約九センチメートル）四方の大きさ。これじゃあ何の役にも立たず、香敷《こうしき》につかわれるくらいが関の山。私は赤《あか》っ恥《ぱじ》をかかされたんだ」

実は源内は火浣布の宣伝文句で、火浣布は日本はもちろん、唐土《もろこし》、天竺《てんじく》、紅毛《こうもう》でもつくれず、トルコでは今は織り方も絶えてしまった、それをこの私が制作し、香敷にしてみた、と大風呂敷を広げていたのである。

「井の中の蛙《かわず》、大海を知らず、だ」

源内は自嘲的に笑った。

「あんたの学問の間口《まぐち》は広すぎるんですよ」

宋紫石が源内を擁護するように言った。

たしかに、平賀源内の才能は本草学など科学方面だけに限定されるものではなかった。号は鳩渓《きゆうけい》、俳号は李山《りざん》、戯作者としては風来山人、天竺浪人《てんじくろうにん》、紙鳶堂風来《しえんどうふうらい》、悟道軒《ごどうけん》、桑津貧楽《くわづひんらく》などと名のり、浄瑠璃作者としては福内鬼外《ふくちきがい》の筆名を持ち、旺盛な執筆活動をおこなっていた。

戯作者としての源内は一年前の宝暦十三年、風来山人の署名で『根南志具佐《ねなしぐさ》』と『風流志道軒伝』という談義本を二作上梓している。

『根南志具佐』は、同年の夏に起きた歌舞伎女形・荻野八重桐《おぎのやえぎり》の水死事件をネタにした作品。当代の人気女形、二世・瀬川菊之丞《せがわきくのじよう》を登場させ、水死の原因を語るという趣向になっている。実際には蜆採《しじみと》りをしようとして中洲《なかす》に足を取られて溺死《できし》した八重桐だが、菊之丞の身代わりになって自死するという筋書きで、閻魔《えんま》大王、河童《かつぱ》なども登場し、滑稽と諧謔と風刺が満載の作品である。男色好みの源内にとって、菊之丞は女神にも等しい存在だった。

次郎兵衛は年の初めに、市村座で上演された『ひらかな盛衰記』で二代目・菊之丞が梅ケ枝を演じた舞台を思い出した。

「菊之丞といえば、路考《ろこう》が出演した正月の市村座を御覧になりましたか」と次郎兵衛。

「もちろん。芝居茶屋にも菊之丞を何度か呼んでいますよ。当代きっての名女形だ」

源内は煙管からぷわーっと煙を吐き出すと、先ほどから次郎兵衛がちらちらと盗み見している美少年を紹介した。

「これは吉之助《きちのすけ》と言って、芳町《よしちょう》の陰間《かげま》茶屋で見つけた子です」

市村座と中村座があった二丁町の裏通りにある芳町には陰間茶屋が軒を連ねている。陰間とは男娼《だんしょう》のことで、若衆《わかしゅ》、色子《いろこ》などとも呼ばれ、舞台子と陰子に大別される。舞台子は歌舞伎に出演する色子のことで、芝居に出ない陰子は舞台子よりも格下だった。

陰間は役者見習いの十二、三歳から十七、八歳の美少年が多かったが、二十を過ぎると多くは幇間《ほうかん》などの芸人や、女を相手にする男妾になる。

陰間を買うのは、大店《おおだな》の後家や武家の奥女中などのよほどの経済力を持つ者たち。ところが一介の浪人である源内には、金に不自由している気配がない。薬品の開発や販売だけで糊口《ここう》をしのげるかどうか。源内の背後には、大きな後援者がいるはずだ、と次郎兵衛は推察している。
（それにしても江戸訛《なま》りの達者な人だ……）
次郎兵衛は、源内が讃岐《さぬき》の生まれだということをふと思い出した。

第二章　夏は夜

一

うだるような昼の暑さも少しおさまった夕暮どき。

ときおり微かな風が庭の植え込みの方から吹いてきて、汗ばんだ肌には心地よい。

ここは湯島の料亭・花扇《はなおうぎ》の中座敷。ひと癖もふた癖もありそうな男たちが八人ほど、膳を前にして座っている。いずれも職人風の寡黙な男たちだ。

遠くの方から三味線の音が聞こえてくる。今流行している新内《しんない》だろうか。

やがて若党らしき侍を従えて、恰幅《かっぷく》のいい四十半ばの武士が座敷に入ってきた。背丈はおよそ五尺六寸。長身である。黒羽二重《くろはぶたえ》の着流しで、粋《いき》な感じがする。その武士は床の間を背にすると、用意された座蒲団のうえにゆっくりと腰を下ろした。

「ご一同、本日は多用のところご足労いただき、まことにありがたく存じます。わたくしは大久保家家臣、小橋欣三郎《こはしきんざぶろう》と申します」

はじめに、端座した若党が挨拶した。

「そして、こちらにおわすのは大久保忠舒《ただのぶ》様でござる」

みなが一斉に頭を下げるのを手で制して、「まあ、楽にしてくれ」と大久保はざっくばらんに言い、ポンポンと手を叩いた。それを合図のように、仲居たちが酒肴《しゅこう》を運んできた。

「まずは一杯やりながら、わしの話を聞いてくれ。実はおぬしらに頼みたいことがあっての」

目の前に置かれた美酒佳肴《びしゅかこう》を口に運びながら、一座の者は興味津々の面持ちで大久保の話に耳を傾けた。

宝暦のころから権勢を誇るようになった田沼意次《たぬまおきつぐ》の時代は、商品経済が全国的に流通して士農工商という階層が揺らぎはじめた時代だった。

旗本や御家人もその波に呑まれ、旗本の中には持参金目当ての養子縁組をする者が出たり、御家人の中には身分を金で売買する者が出たりした。つまり経済力次第で、町人でも武士になることが可能になったのである。

町人たちが経済力を持つと同時に武士の権威は失墜《しっつい》し、それと同時に町人と武士との往き来を容易にする環境がつくり出された。

そして武士のなかには武張《ぶば》ったことを嫌い、俳諧、茶の湯、舞踊、琴、三味線など文芸や遊芸に没頭する者も出てきた。大久保忠舒もその趣味人の一人だった。

「わしもこれまでいろいろな道楽をやって来たが、またぞろ退屈の虫が騒ぎ出してのう」

大久保はそう言うと、はははと呵々大笑《かかたいしょう》した。

「その退屈の虫をおさえ込もうと、あることを思いつき、おぬしらに手伝ってもらおうと考えたのだよ」

「殿様、その、あることとは？」

口を挟んだのは、いかにも頑固一徹という顔つきの細身の男。額にうっすらと汗をかいている。

「おぬしは五緑《ごろく》か……」

大久保のにこやかな顔は、その男に向けられた。

同席の者の視線も一斉にその男に向けられる。

彫師《ほりし》の遠藤松五郎《まつごろう》。号を五緑といい、彫師では一流の部類に属する。

「そうだな、そいつをまず聞きてえな」

そうつけ加えたのは、やや小太りの男で、盃を持つ指先に顔料が染みついている。

「おぬしは、たしか八調《はっちょう》……」

大久保は今度はそちらの方に顔を向けた。

摺師《すりし》の小川八五郎《はちごろう》。号は八調。摺りでは他の追随を許さぬ技術を持っている。

（こいつはすごい面々だな……）

次郎兵衛は目を見張った。

「せっかくだから欣三郎、ほかの面々も紹介しなさい」

「はっ」

大久保のひと言で、若侍が一同を紹介した。

彫師の関根柯影《かえい》、高橋蘆川《ろせん》、摺師の湯本幸枝《こうし》ら次々に紹介される人物に目をやり、次郎兵衛は大久保が何か大きな企てを考えていることを知った。

（大久保様は何を企てているのか……）

次郎兵衛の心の中がざわついた。

次郎兵衛がこの席にいるのは、実は大久保の招聘《しょうへい》による。大久保甚四郎忠舒は千六百石取りの旗本の三男。牛込《うしごめ》に住まいするが、二人の兄が早世したため、宝暦二年に家督を継ぎ、五年に西丸《にしのまる》御書院番となった。その後、十三年に御書院番を辞し、今では悠々自適の身であった。

暇を持て余した大久保は、俳諧、絵画、謡曲と趣味の幅を拡げていった。俳諧では俳人の笠屋左簾《かさやされん》に師事し、菊簾舎《きくれんしゃ》の俳号を持つ。絵画では西川祐信《にしかわすけのぶ》に師事し、肉筆美人画を自ら描いた。

宝暦八年には自費で『世諺拾遺《せげんしゅうい》』という絵入り俳諧書を出版したが、これには石川豊信、奥村政信、俵屋宗理《たわらやそうり》、勝間龍水《かつまりゅうすい》らとともに大久保自身も挿画を描いている。自作の句「去《こ》年《ぞ》の闇の　産落《うみおとし》たる　初日哉《かな》」が巻頭を飾る。

次郎兵衛は数年前に絵師を志し、江戸をあとに京に上った。西川祐信の門下となり、その熱心な姿勢から厚く信頼され、高弟として家族並みに扱われた。宝暦元年七月十九日に八十歳で祐信が死去したあとも次郎兵衛は京に留まり、西川家の柱となって一門を支えた。やがて十二年に、祐信の長子の祐尹《すけただ》が死去すると、それを契機に江戸に舞い戻ったのだった。

大久保は自身が祐信の原図を模写するほどの祐信の崇拝者であり、祐信の門下である次郎兵衛の才能に以前から着目していた。また、『世諺拾遺』に挿画を描いた絵師の一人、奥村政信と次郎兵衛の縁が深いということもあって今回、次郎兵衛に白羽《しらは》の矢が立ったのである。

次郎兵衛の描く人物は小柄で手足がか細く、色彩は淡いものが多い。構図や構成は師である祐信の版本からの借用も目立つが、何よりそれまで江戸になかった叙情的で清楚な上方《かみがた》風の美人が際立っている。そこが大久保の気に入った点だった。

そもそも次郎兵衛が長屋の雇われ大家となった経緯というのは、大久保のひと言に端《たん》を発する。大久保家出入《でい》りの呉服商・浜松屋が所有していた神田白壁町に長屋を建てたのはいいが、当《とう》の浜松屋は本業が忙しくなり、土地や家屋を差配《さはい》してくれる者がいないかと大久保に相談を持ちかけたところ、「打ってつけの人物がいる」と大久保が推挙したのが次郎兵衛だった。

江戸に戻って住まいも定まっていなかった次郎兵衛に、「これで食う寝る分には心配いらんだろう」と大久保は言った。

たしかに家主になれば家賃は払わなくてすむ。給金は大した額ではないが、下肥代《しもごえ》、樽《たる》代、各種の謝礼金など、何かと見入りがあるので収入は安定している。地主に代わって公用や町用をつとめるため社会的な信用もあるので、家主の権利株は高い値で売買されていた。

「わしが権利株を買ってやる。支払いは、出世払いだ」

大久保はそう言って、かかかと笑ったのだった。

「さて、江都《こうと》に並びなき技《わざ》を持つおぬしたちを呼んだのはほかでもない」と言ったあと、大久保はゆっくりと座を見回し、「実は大小《だいしょう》をつくってもらおうと思ってな。それも今までにない飛びきりの大小を。金に糸目はつけぬ」と目を細めて言った。

大久保は近々、ここ湯島で大々的な絵暦《えごよみ》交換会をするという。秀作を一堂に集めて彫りや摺りの優劣を競うので、ぜひとも比類ない作品を作ってくれとのことだった。

「大小を？」

誰かが思わず声を発した。

当時は三十日ある大の月と二十九日の小の月とは毎年異なっていて、季節のずれを防ぐために一年が十三ケ月ある閏月《うるうづき》を設ける太陰太陽暦《たいいんたいようれき》を用いていた。そのため大小の月の組み合わせが毎年変わるので、江戸の人々は大が何月で小が何月かという簡便な摺物を壁などに貼っていた。この略暦を大小と呼ぶ。

やがて人々は大小を個人で制作し、年末年始の挨拶回りの配り物にするようになったが、これでは曲《きょく》がないということで、文字だけではなく絵の中に巧みに月の名を入れるなどして趣向を凝らすようになる。これが大小絵暦と呼ばれる。

そのうちに俳諧仲間の旗本や富裕層の商人らが大小絵暦に目をつけて制作に熱心に取り組み始めるようになると、絵暦交換会、大小の会などの愛好会が生まれ、あちこちで品評会が催され、隆盛を見ることになった。

その絵暦流行の先鞭《せんべん》をつけた人物が、この大久保甚四郎忠舒だった。俳号を巨川《きょせん》という。

大久保には好敵手がいた。千石の旗本・阿倍《あべ》八之丞正寛《はちのじょうまさひろ》。俳号は莎鶏《さけい》。阿倍には小松軒《こまつけん》という専属絵師がいた。小松軒は「文武丸《ぶんぶがん》」という著名な薬を販売していた飯田町の薬種商・小松屋三右衛門《こまつやさんえもん》という人物であり、俳号を百亀《ひゃつき》という。

「阿倍の一派とは、どちらが優れた大小を作るか、競い合っている。阿倍にひと泡ふかせるためにも、みなには精進《しょうじん》してもらわなくてはな」

大久保はそう言って大きな体を揺さぶり、ははと大笑した。

そのとき、廊下をばたばたと急ぎ足でやって来る音がして、がらっと障子が開いた。

「申し訳ない。用事があって遅れてしまいました」

「源内さん！」

顎のしゃくれた顔を見て、次郎兵衛は驚愕した。

「なんで、あんたがここに……」

源内は茶目っ気たっぷりににっこり笑い、次郎兵衛を手で制すると、端座して改めて大久保に挨拶をした。

「大久保様、遅くなりまして申し訳ありません。ちょと所用がありまして」

「相変わらず、忙しい男だのう」

大久保は、かかかと笑った。

源内があちこちの絵暦交換会に顔を出していることは次郎兵衛も知っていたが、この席で顔を合わせるとは思いもしなかった。まさに神出鬼没《しんしゅつきぼつ》、どこにでも現れる男である。

酒宴が進んで、あちこちで雑談混じりの仕事の話が出てくると、源内が次郎兵衛の席まで酌《しゃく》をしにやって来た。

「次郎兵衛さん、まあ一献《いっこん》」

「源内さん、あんた、どうしてここに?」

「私はつきあいが多くてね。大久保様とも俳諧、絵画、謡曲と何かと同席することが多いんだ」

次郎兵衛は源内の人脈の広さに改めて感嘆した。

源内は下戸《げこ》なので、注《つ》ぐ一方である。ひととおり一座の者に注ぎ終わると、源内は大久保に挨拶して姿を消してしまった。

(不思議な人だ……)

瞬く間にいなくなった源内は幻《まぼろし》のようだった。

「もう酔ってしまったわけじゃなかろうな……」

そうひとりごちて、次郎兵衛は盃を口に運んだ。

二

先日の湯島の宴から数日後。

次郎兵衛は連日、絵暦の考案に腐心している。単なる大小を記したものではなく、得意の「やつし」を使った絵暦にしたいと考えている。

「見立」と「やつし」はよく混同されるが、本来は似て非なるものである。

「見立」とは、満開の桜から白い雲を、紅葉から錦《にしき》をというように、もともと異なるものを連想で結びつけることであり、いわば発想の妙《みょう》が要諦《ようてい》である。

一方、「やつし」とは、みすぼらしく姿を変える意の「窶《やつ》す」から推察されるように、高尚なもの（雅）から卑近なもの（俗）に質が転換することをいう。端的にいえば、古典や故事を当世風に変えて表現することだ。

例えば、当世風の若い男女が仲睦《むつ》まじく身を寄せあって、井戸のなかを覗いていても、それは『伊勢物語』の「筒井筒《つついづつ》」に登場する幼馴染《おさななじ》みのふたりとして見るのである。つまり、「やつし絵」を鑑賞するには、かなり高度な知識や教養が必要となる。

当然、創作側としても「やつし絵」を描くためには、それ相応の素養が身についていなければならないが、次郎兵衛には恰好の種本があった。書名を『明題和歌全集《めいだいわかぜんしゅう》』という。

絵の考案に窮《きゅう》したとき、次郎兵衛はよくこの本を開く。『源氏物語』『伊勢物語』『古今和歌集』などに出てくる和歌を発想の源にして、絵の構想や構図を考えるのである。

例えば「三蹟《さんせき》」の一人といわれる小野道風《おののとうふう》。雨の日に柳の下に飛びつく蛙の姿を見て、書の道の行き詰まりを脱したという逸話があるこの風流人を、雨の日に柳の下で傘をさして佇《たたず》む若い娘に置き換えたらどうか。

『新古今和歌集』中の藤原定家《ふじわらのさだいえ》の歌「駒《こま》とめて袖うちはらふかげもなし佐野のわたりの雪の夕暮」は琳派《りんぱ》によってよく絵画化される画題。その雪をしのぎながら馬に乗って橋を渡る貴人を、振袖《ふりそで》で雪をよけながら裾を引き上げて橋を渡る若い女に置き換えたらどうか。（雅《が》と俗《ぞく》の往還だ……）

何も日本に限らない。異国の物語を画題にしたらどうかとも次郎兵衛は考える。「二十四孝《にじゅうしこう》」の「孟宗《もうそう》」の故事。冬なのに筍《たけのこ》を食べたいという病気の母のために竹藪に入る孝行息子を、笠をかぶった振袖姿の娘が鍬《くわ》で筍を掘り起こす場面に置き換えたらどうか。

白居易《はくきょい》の「長恨歌《ちょうごんか》」に登場する玄宗《げんそう》皇帝と楊貴妃《ようきひ》が寄り添って一本の笛を吹く場面を、若い男女の初々《ういうい》しい姿に置き換えたらどうか。

次郎兵衛の脳裏には次から次へと画想が浮かび、そのたびに画帳に大まかな構図を描きとめる。

創作の間は、浮世《うきよ》のことをすっかり忘れてしまうのが次郎兵衛の短所だった。

「大家さん、いらっしゃいますか」

我を忘れて絵筆を動かしているところへ、戸口から女の声が聞こえてきた。

（せっかく興が乗ってきたところなのに……）

ちっ、と舌打ちをしてから、次郎兵衛はおのれの本来の仕事を思い出した。

「はい、ちょっとお待ちを」

絵筆を置いて、次郎兵衛はおもむろに立ち上がった。

腰障子を開けると、次郎兵衛の二軒隣に住むお松《まつ》と、すぐ隣に住むお恵《けい》という女が二人立っていた。年はお松が二十代後半、お恵は三十代前半だと聞いている。

「どうしなさった？」

「実は、お松さんのことで大家さんにご相談がありまして……」

お恵は辺りを憚《はばか》るような小声で話しかけてくる。

他人に聞かれたくない話だと推察した次郎兵衛は、二人を中に入れ、上がり框《かまち》に腰かけさせた。

「どんなご用かな」

次郎兵衛は正座して訊ねた。

「お松さん、大家さんに洗いざらい喋っちまいなよ」

お恵がうつむいたままのお松に向かって促《うなが》す。

「はい……」

そう答えてひと呼吸置くと、お松は途切れ途切れに話し始めた。

お松は二年前に男児を出産した。半次郎という三十過ぎの男と所帯を持ったあと、なかなか子宝に恵まれず、ようやく授かった子だった。だが、望んでいた子とはいえ、生まれてみると病気はしないか転《ころ》んで怪我はしないかと心配が先に立ち、子育ての不安で眠れない日々が続いた。

医者に診てもらったところ、気鬱《きうつ》の病といわれ、子を夫に託して療養のため向島《むこうじま》寄りの北本所《きたほんじょ》にある農家に嫁いだ姉のところにしばらく厄介になっていた。病も落ち着き、先日ふた月ぶりに長屋に帰ってくると、亭主の態度が一変していた。

「子を産んだあと、お前は何をした。日がな一日、だらだらしていやがって、洗濯、掃除、飯の支度とすべて手を抜いて、家の中は滅茶苦茶だ、なんて亭主になじられたというんですよ」

お恵が横から口を挟む。

お松はその後、風呂敷包み一つで家を追い出され、再び姉の家に向かったという。

「まだ手がかかる年なのに、梅吉が不憫《ふびん》で仕方がないんです」

お松は目に涙を浮かべて訴える。梅吉とは男の子の名だ。

夫婦の間の揉《も》め事に首を突っ込むと、あとでこじれるおそれがあることを知っている次郎兵衛は、どう言葉をかけていいか逡巡《しゅんじゅん》した。

「半次郎さんも頑固なところがあるからね」

次郎兵衛はお松の亭主の酷薄な顔つきを思い浮かべ、そう言った。

半次郎はこの界隈では、どうしようもない手余《てあま》し者と悪評のある男だ。女遊びと博打《ばくち》が好きなうえ、酒乱で、盛り場で酔客《すいかく》に因縁をつけては絡《から》んで騒ぎを起こしたのも二度や三度ではなかった。

「若いころから盗みや騙《かた》りなどで捕まっている根っからの悪なんですよ」

お恵が横から言う。

「そもそも小料理屋で働いていたお松さんを手込《てご》め同然にして所帯《しょたい》を持ったところに間違いがあったんですよ」

そう言ってしまってから、慌ててお恵はおのれの口を手で押さえた。

「まあ、子が生まれた今となっては、元に戻るというわけにはいかないが……」

次郎兵衛がお恵の失言をたしなめるように言う。

「ねえ、大家さん、何とかならないもんですかね」

お恵が懇願する。

「うむ……」

咄嗟《とっさ》に聞かれても、次郎兵衛にいい思案は浮かばない。

「それで、子の世話はどうしている？　父親がそんな様子では、子育てにも差し障《さわ》りがあるだろう」

「それは今のところ何とか、長屋の女連中ができる限りのことはしていますがね。でも、こんなことがいつまでも続けられるとは思えませんからね」

お恵があきらめ顔で答える。

「うむ……」

次郎兵衛は懐手《ふところで》をしたまま、考え込んでしまった。

とにかく、しばらく様子を見ようと二人を戸口まで見送った次郎兵衛だったが、そういえば源内はどうしているかと思いつき、源内の住まいを覗いてみることにした。腰障子をとおして灯りがついているのが分かる。

「お邪魔しますよ」

そう声をかけて障子をあけると、書物や器械類の間に座っている人影があった。

「源内さんかと思ったら、あんただったのか」

薄暗い行灯《あんどん》のそばで草子《そうし》を読んでいたのは、先日顔見知りになった吉之助だった。

「あら、大家さん……」

吉之助は読んでいた草子を閉じ、崩していた膝をなおして、正座した。

「源内さんはお留守かい？」

「はい。何でも秩父《ちちぶ》の方まで行ってくるとか。あたしは留守番です」

親子でも夫婦でもない者に留守居《るすい》をしてもらっては本当は困るのだが、そこは源内の顔に免じて小言をいうのは控えた。

「吉之助さんはお生まれは？」

聞いてはまずいことかと思ったが、話の接《つ》ぎ穂《ほ》がないので次郎兵衛はそう話しかけた。

陰間は遊女と同じで、年端もいかないうちに貧しい親に売り飛ばされ、陰間茶屋で働かされることが多かったのだ。

「上方ですけど……」

吉之助は恥ずかしそうに笑って答えた。

「そうかい。どうりで少し上方訛《なま》りがあると思った」

次郎兵衛はしかし、眉唾《まゆつば》だと思った。

陰間も酒と同じで、上方からの下《くだ》りが高級とされていた。関東周辺の者は雅《みやび》に欠けるとされ、江戸近郊の出身者であっても下り、新下りと称して売り出すのが常だったからだ。

「まあ、近ごろ空き巣や付け火など物騒なことが多いから、留守居の方はよろしくお願いしますよ」

次郎兵衛はそう念を押すと、戸口を出た。

「承知しました」

吉之助はにっこりと笑って答えた。

三

ここ数日、次郎兵衛は新しい絵暦の考案で頭を悩ませている。

（源内さんに相談してみるか……）

好奇心旺盛で神出鬼没の源内はどこにでも顔を出したが、絵暦交換会にもよく顔を出し、さまざまな技法に通じていた。

夜も遅くなっていたが、次郎兵衛は思い切って西端にある源内の住まいを訪ねた。多忙な源内だから、秩父からまたどこかに足を伸ばしたかもしれないとあまり期待はしていなかったが、予想に反して帰っていた。そばに吉之助も座っていた。

「今晩は。ちょっとよろしいですか」

次郎兵衛は腰障子を閉め、挨拶した。

「どうしなさった、浮かない顔をして」

源内の問いに、座敷にあがった次郎兵衛は絵暦の考案についての悩みを率直に打ち明けた。

「色版について、源内さんのお知恵を拝借したいと思いまして……」

墨一色で摺られた墨摺絵《すみずりえ》、墨摺絵に丹《に》を彩色した丹絵《たんえ》、筆で彩色した漆絵《うるしえ》などの初期の浮世絵に比べれば、紅色、草色、黄色など二、三色の色を版で摺った紅摺絵《べにずりえ》は画期的なものであった。

「紅摺絵を目にしたときは、みんな驚いたはずです。だが、私は五、六色、いや、それどころか十色以上の色版を重ねることができないか、と今考えているんですが……」

「うむ」と唸って、源内は腕を組み、考え考え言葉を発した。

「これまで、墨摺絵なら一枚、紅摺絵なら二、三枚の版木ですんだが、多色摺となると多くの版木を使うことになる。重ね摺りが多くなれば、色のズレも多くなる。私が思うに、版下絵を貼った主版《おもはん》とすべての色版に見当《けんとう》を彫って、紙をその見当に合わせればズレはなくなるんじゃないか。版木の角に鉤形《かぎかた》を彫って、その鉤に紙の角を合わせる。それだけじゃなく、紙の手前端《はし》を合わせるための引き付けも彫ったらどうかと思う。これでずいぶん摺りが楽になるし、仕上がりが綺麗になる」

源内の指摘はいちいちもっともであると次郎兵衛は思った。

「紙や顔料についても考えなければならないですなあ」

そう言って、本草学にくわしい源内はまた、紙の選定、顔料の選択などについても次郎兵衛に示唆《しさ》を与えた。すなわち、何度も重ね摺りしても破れない丈夫な紙、隣り合う色と色とが混じらないようにする顔料の濃度などである。

源内はみずから西洋画も描いているので、画材についての知識も豊富である。画材だけではない。次郎兵衛は源内との交際の中から、西洋画の表現も取り入れようとしていた。源内は以前、覗《のぞ》き眼鏡《めがね》を作ったことがあった。四本の脚に支えられた箱の表面に金唐皮《きんからかわ》が貼られ、正面の穴には凸レンズがはめ込まれていて、極端な遠近法で描かれた絵をレンズの作用で立体的に見せるという趣向である。

次郎兵衛は源内の示唆を受け、その後、覗き眼鏡が出てくるいくつかの作品を描いている。

例えば「浮世美人寄花《うきよびじんはなによす》」の「みなみ　山《やま》さき屋《や》内元浦《うちもとうら》　八重桜《やえざくら》」では、海上の船を覗き見る禿《かむろ》が持つ遠眼鏡、「六玉川《むたまがわ》」の「高野《こうや》の玉川」では眼鏡絵を写して楽しむためのフランス製の覗き眼鏡など、新奇な西洋の器物を作品に取り入れている。

また、夫のために遊女となった梅ケ枝を題材にした図では、座敷の内部の様子を障子に映る影で表したり、「風流江戸八景」の「両国橋夕照《せきしょう》」では背景に遠近表現を取り入れたりもしている。

大久保から絵具も紙も使い放題で絵暦をつくっていいと許しを得た次郎兵衛は、主版を作るための墨による下絵を描く一方、全体的な色彩の布置を考え、色ごとの色版を作る指示もした。次郎兵衛は赤い色には本紅《ほんべに》、黄色には藤黄《とうおう》などの高額な絵具を存分に使って、今までにない華麗な絵暦を精力的に創作した。

すると当然ながら、これらの革新的な絵暦を目にした好事家《こうずか》たちから、次郎兵衛のもとに次々に注文依頼が殺到することになった。

例えば、背景を紅一色で塗りつぶした中を子供の水売りが歩く「水売り」。桶《おけ》に書かれた「龍水《りゅうすい》」の「龍」に「六、五、十、八」、「水」に「三、二」を埋め込み、明和《めいわ》二年の大の月を示している。

夕立のなか、物干し竿に干した浴衣《ゆかた》を取り込む娘を描いた作品は、着物の裾がめくれて「あぶな絵」の趣があるが、その浴衣に「大、二、三、五、六、八、十、メイワ二」の文字があり、明和二年の絵暦と分かる。「あぶな絵」とは、女性の色気を演出するための表現技法で、入浴後の着物をはだけた姿や、風によって着物の裾を乱した姿など、女性の危うい姿を題材としている。

次郎兵衛はこのほか、技法の開発にも力を注いだ。

絵具をつけずに、強く版木にこすりつけて模様を浮かび上がらせる「空摺《からずり》」。

版木を深く彫り、くぼんだ部分に紙を裏から押しこんで、その部分を際立たせる「きめ出し」。

背景を描き込まずに一色で摺る「つぶし」。

絵暦を手がけるようになってからの次郎兵衛は、次々に新しい技法を考案しては、彫師、摺師に挑んでいった。

四

冬至《とうじ》を迎え、寒気が一段と厳しくなってきた十一月のある日、左官屋の熊三の倅の太助が鼻の頭を赤くしてやって来た。

「源内という人が、下《くだ》り物の酒が手に入ったから飲みに来ないかって」

「そうかい。ありがとう」

次郎兵衛は貰《もら》い物の煎餅を手渡した。

「大家さん、ありがとう」

そう元気よく言うと、太助は走っていった。

(下り酒か……)

好物の酒、それも下り酒とあっては行かないわけにはいかない。

江戸時代、上方から樽廻船《たるかいせん》などによって江戸へ送られ販売された酒を下り酒という。酒造地は池田、伊丹《いたみ》、灘《なだ》などの畿内《きない》各地。年間百万樽もの酒が船で江戸に運ばれ、酒好きの江戸人から最高の酒と称賛されていた。

舌なめずりをしながら次郎兵衛はいそいそと出かけた。

戸口で声をかけると、色子の吉之助が出てきて「お待ちしていました」と言う。

次郎兵衛は吉之助の顔を見て、陰間も酒も下り物が一番だということを思い出した。

「おう、次郎兵衛さんか。こっちにお上がんなさい」

座敷から源内の舌足らずの声が聞こえた。

すでに二人の先客が座っていた。一人は小柄で金壺眼《かなつぼまなこ》の、鼻のとがった四十前後の男。

「次郎兵衛さん、こちら稲毛屋金右衛門《いなげやきんえもん》さんとおっしゃる」

「お初にお目にかかります」

金右衛門と呼ばれた男は、手に持っていた盃を置いて頭を下げた。

この男は本名を立松懐之《たてまつかねゆき》という。通称は稲毛屋金右衛門。内藤新宿《ないとうしんじゅく》の生まれで、家業の馬宿と煙草屋をついでいる。儒者《じゅしゃ》としても名が知られているが、金儲けには目がないと源内が遠慮なく紹介した。

「私と同様、山師《やまし》などといわれている御仁だ」

ははは、と源内は笑った。

もう一人はやはり四十年配で、細目でへの字口の男。

「大野屋喜三郎と申します。京橋北紺屋町《きたこんやちょう》で湯屋を営んでおります」

湯屋の亭主らしく如才のない挨拶をした。

「金右衛門さんも喜三郎さんも狂歌をやっていてね。金右衛門さんは平秩東作《へづつとうさく》、喜三郎さんは元木網《もとのもくあみ》という狂名を持っている。今のところ上方の勢いにはまだまだかなわないが、やがては江戸でも狂歌の会を立ち上げたいと考えているようだ」

狂歌は滑稽諧謔《かいぎゃく》を詠む卑俗な短歌。目の前に座っている苦虫《にがむし》を噛みつぶしたような男たちからどのようにして狂歌が吐き出されるのか、次郎兵衛は想像もつかなかった。

「私も少々絵心がございまして。春信先生のお噂はかねてより存じております。まずは一献」

喜三郎が次郎兵衛の盃に酒を注いだ。

喜三郎は「嵩松《すうしょう》」という画名で絵もよくするという。

さっそく盃についでもらった下り酒を飲む。ついでに蜆《しじみ》の佃煮《つくだに》をつまむ。ちょうどいい味つけだ。

しばらく雑談したあと、酔った勢いもあり、次郎兵衛は近ごろ思うところを吐露した。

「源内さんの色子好みや、瀬川菊之丞の艶《あで》やかな舞台姿を見てきて、このごろ思うことがあります。色子も女形も、もとは男。男なのに、女以上に女らしく見える。それはなぜかというと、女らしい仕種《しぐさ》をするからです。だがその女らしさってものが曲者で、本当にそんな仕種をする女はいない。いわば女というものの根元をつかみ取って表して見せるのが、女形です。この世にそんな美しい女はいないと思わせながら、だがいるかも知れないと思わせるところに一流の女形か、二流三流の女形かの別れ道がある」

「なるほど」

鼻の穴から煙草の煙を出して、源内は珍しく茶々を入れずに聞いている。

「舞台の女は、男が演じている女なのに、女以上に女らしい。だが、そんな女はこの世にいない。いないはずなのに、いるように見える。嘘の女だと分かっているのに、本当の女だと思い込ませる」

「嘘が真で、真が嘘で」

金右衛門が合いの手を入れる。酔いで顔がほんのりと赤くなっている。

「そんなふうに考えていくと、この世で男か女かなんて分け方は、どうでもいい、つまらないことではないかと思い始めました。男が女で、女が男。男も女も一緒くたになったような絵が描けないものかと、私はこのごろ考えています。絵を見てすぐに男だ女だと分かってしまうのではなく、男同士だと思ったら女同士、女同士だと思ったら男同士、なんてのは面白くないですかね」

「そりゃ面白い。春信さんの進むべきは、そちらだね」

絵心のあるという喜三郎がすかさず言った。

じっと話を聞いていた源内は灰吹《はいふ》きに煙管をポンと叩きつけてから、話題を変えるように「ところで」と言った。

「今あんたが描いている絵だが、吾妻錦絵《あずまにしきえ》ってえ名をつけちゃどうかね」

源内は文机のうえの料紙《りょうし》に「吾妻錦絵」と筆で記し、一同に示した。

「吾妻錦絵？」

次郎兵衛はおうむ返しに答えた。

「うむ」と頷いて源内はこう続けた。

「吾妻は西の京に対する東《あずま》だ。これまで酒だって絵だって高級で上等なものはすべて京・

大坂の上方から下って来るものと決まっていた」

そう言って源内は酒の入った徳利を顎で示した。

「下りものとは高級品の別名。その高級品がようやく江戸でも産声《うぶごえ》をあげた。京の西陣《にしじん》でつくられた何色もの色糸で織られた錦を向こうに回して、何色もの色版で重ね摺りした版画。京の錦にも負けない高級品、それが吾妻錦絵というわけだ。どうだいこの名は？」

源内は得意そうにしゃくれた顎をさらにしゃくった。

「錦のような絵か。いいですね」

次郎兵衛もいい命名だと同意した。

「私らも、やがては上方の浪花《なにわ》ぶりに負けない江戸風の狂歌をつくりあげようじゃないか！」

金右衛門がそう叫んだとき、源内がぷっと放屁《ほうひ》した。

「臭《にお》う（仁王）か」と源内。

「どさくさ（浅草）まぎれで観音《かんのん》（堪忍）できぬ」と金右衛門。

「諸事、屁《へ》（火）の用心、屁（火）の用心」と喜三郎。

当意即妙の「浅草づくし」の会話に、次郎兵衛は吹き出し、三人の才能に感心した。

「そのうち、『放屁論《へっぴりろん》』なるものを著してみたいね」と源内。

こうして誕生した吾妻錦絵は、それまでの紅摺絵を駆逐《くちく》していくのである。

それから数日後のこと。

今度は源内が二十代後半の男を連れて次郎兵衛宅を訪れた。

鉢《はち》の開いたような頭をしていて、どこか人を見下すような傲慢《ごうまん》な顔つきをしている。

「この男、春信さんの崇拝者で、ぜひとも弟子になりたいから私から紹介してくれというんだ」

源内の話によると、狩野派を学んだ絵師で、遠近法に関心があるという。

親しい源内の口利きだから受け入れたいとは思ったが、どうも不遜《ふそん》な感じがするので次郎兵衛は断った。

「そうかい。それじゃ仕様がないな。当人はもう春重《はるしげ》って号まで考えていたってんだが」

そう言う源内の顔はさほど残念そうにも見えなかった。

図々しいにもほどがある、と次郎兵衛は思った。

「あったかい蕎麦でも食って帰るか」

源内にうながされて、男は帰っていった。

しかしその後、男は勝手に春信の名を使い、美人画を描き評判となった。購入者らは誰も気づかなかったというから、技量はすぐれていたのだろう。その後、この男が司馬江漢《しばこうかん》と名を改めたということを次郎兵衛は知った。

五

その晩、思いのほか手数がかかって版下絵の仕事が長引き、茶漬けと漬け物で夕餉《ゆうげ》をすませ、一服していた次郎兵衛のもとにお恵が駆け込んできた。

「大家さん、大変、大変！」

お恵は息せき切っている。

「どうした、お恵さん」

尋常でないお恵の様子に次郎兵衛は不穏なものを感じた。

「半次郎の奴がやられたんですよ」

「やられた、とは？」

「何人かの男に殴る蹴るの仕打ちを受けて半死半生《はんしはんしょう》のざまなんですよ」

「どこにいる?」

「今、自宅に戻ってきたところです」

すぐに立ち上がり、草履を突っかけると次郎兵衛は半次郎の住まいに駆けつけた。

狭い六畳間の真ん中に破れ蒲団が敷かれ、その上に青息吐息《あおいきといき》の半次郎が仰向けに寝ていた。枕元には並木徳斎という町医者、足元には倅の梅吉を抱いたお松と岡っ引きの幸助が座っていた。

「これはいったい、どうしたことか」

次郎兵衛が思わず口走ると、幸助があらましを語った。

夕暮どき、半次郎はいつものように馴染みの煮売《にう》り酒屋で一人酒を飲んでいた。しばらくして三人の職人風の客がやって来た。何かめでたいことでもあったらしく、陽気に騒いでいたが、その職人たちの大声が耳に障り、半次郎は「うるせえ、静かにしろ」と怒鳴ると、空になった徳利を投げつけた。びっくりした職人たちは色めき立ったが、店の親父の取りなしで一応その場は収まった。

「ところが、そのあとのことなんですが……」

幸助はぎろりと目を光らせて、話を続けた。

半刻ほどして、足元が覚束《おぼつか》ないほど酒を飲んだ半次郎が勘定を済ませて店を出た。すると、人家の灯りも途絶えた材木置き場の陰から三つの人影がいきなり飛び出し、棒きれで半次郎の頭をなぐったり、背中や胸を突いたりして重傷を負わせた。

「とおりかかった風鈴《ふうりん》蕎麦屋の親父が、慌てて屋台を置いて番屋に駆け込んできたってわけでさ」

たまたま番屋に詰めていた幸助ら数人が知らせを受けて現場に駆けつけると、職人たちの姿はすでになく、地べたにぼろ切れのように男が横たわっていた。

「半次郎だとすぐに分かりましたよ。界隈《かいわい》じゃ、知られた手余《てあま》し者でしたからね」

知らせを受けた長屋の男たちが駆けつけ、近くの商店から戸板を借りて半次郎をのせると、皆でここまで運びこんだという。同時に、手のあいている女たちが、北本所《きたほんじょ》の農家に嫁いだ姉のところに厄介になっているお松にすぐ来るように伝え、医者の徳斎にも連絡して来てもらったのだという。

「職人たちは、その店の常連だと店の親父が言ってましたから、すぐに身元は割れると思いますが」

幸助はそう言った。

「そうか」と言ったあと、次郎兵衛は徳斎の方に向き直った。

「先生、半次郎の様子はどうですか」

次郎兵衛が聞くと、「命に大事はないが、右腕の骨が折れているのが気になる。一生、片腕が利かなくなるかも知れぬな」と徳斎は答えた。

「バチが当たったんだよ」

いつの間にか来ていたお恵が、戸口に立ったままつぶやいた。

徳斎が帰ったあと、お恵は話し足りないことがあるのか、亭主の権蔵《ごんぞう》とともに次郎兵衛の住まいまでついてきて、お松の家の事情を洗いざらい喋った。権蔵は飾《かざ》り職人で、一日中家にいる。

「半さんがお松さんに辛《つら》く当たるようになったのは、梅坊が生まれてからなんですよ。お松さんは半さんと所帯を持つ前、深川の小料理屋で仲居をしていたって言ってました。身持ちの堅い人だったけど、酔った客相手の夜の仕事だから、所帯を持つ前から周りの奴らが尾ひれをつけてあることないこと噂し合ってね。世間っていい加減だからね。それにほら、お松さん、ちょっと見に綺麗だから」

「長屋に越してきたとき、俺もそう思った」

権蔵が横から口を挟む。

「何、とぼけたことを言ってるんだよ。この唐変木《とうへんぼく》」

お恵が権蔵の脇腹を肘《ひじ》で突いた。

「そんな様子だったから、半さんも梅坊が手前の子かどうか、疑い出してね。もちろん、お松さんは半さんの子だって言い張ったんだけどね」

「一度疑い出すと、人ってのはなかなかそこから抜け出せねえもんだ」

権蔵が首肯《しゅこう》する。

「梅吉は俺の子じゃねえと言って、指一本触れようともしないのさ」

長屋の薄い壁越しに夫婦の痴話喧嘩《ちわげんか》が何度も聞こえてきた、とお恵は言う。

「あたしら夫婦に子はいないけど、もし子がいたら可愛がってやろうと思うのにさ」

お恵は、ふーっと太いため息を吐いた。

六

明和二年の江戸の町は『俳風柳多留《はいふうやなぎだる》』初編刊行の評判で持ちきりだった。

呉陵軒可有《ごりょうけんあるべし》という人物が川柳《せんりゅう》評の中からすぐれたものを選んで一本にまとめ、上野山下の星運堂から刊行したのが『俳風柳多留』初編である。

川柳は、浅草新堀端生まれで、竜宝寺門前の名主である柄井八右衛門《からいはちえもん》という前句付点者《まえくづけてんじゃ》の俳名からついた名称で、前句題から独立した十七字の短詩をいう。

堅苦しい発句《ほっく》と違って、切れ字や季《き》などの決まり事がなく、多くは口語を用い、人情や風俗、人間の弱点や世相の欠陥などをうがち、滑稽や風刺を特色とする分かりやすい文芸ということもあり、庶民の間に広がっていった。投句者には武士、商人、農民のほか、女性や子供までいた。和歌に造詣《ぞうけい》の深い次郎兵衛にとっても関心の深い文芸だった。

一方、絵画の方面では、源内の友人の宋紫石が『宋紫石画譜《がふ》』を刊行した。

（幸八郎さん、相変わらず精進している……）

画風はまったく異なるが、次郎兵衛の創作に少なからぬ影響を与えている宋紫石である。

同じ浮世絵師の石川豊信が画を描いた『絵本江戸紫《えどむらさき》』も今年刊行された。著者は浪花禿帚子《なにわとくそうし》といい、女性の化粧や身だしなみ、礼儀作法を説いた全三巻の墨摺絵本である。豊信の作品も次郎兵衛に大きな影響を与えている。

このころ巷では、谷中・笠森稲荷のお仙、浅草・本柳屋《もとやなぎや》お藤、浅草・二十軒茶屋の蔦屋《つたや》お芳が「明和三美人」として評判になっていた。

（いずれ劣らぬ美人揃いだな……）

美少女好みの次郎兵衛の食指が動くのだった。

七

朝まだきの長屋の一角に数人の人影があった。

真ん中には、手甲脚絆《てつこうきやはん》を身につけ、笠をかぶった半次郎とお松。お松は袈裟《けさ》がけに包みを背負い、右手にさらに大きな包みを提げていた。左手で二歳になる梅吉の小さな手を握っている。自分たちを囲んでいる住人らの様子がいつもと違うのを敏感に察したのか、梅吉は少しぐずっている。

「梅坊、これからいいところへ行くんだよ、よかったね」

次郎兵衛は梅吉をなだめながら、半次郎の顔色をうかがった。半次郎が癇癪《かんしやく》を起こすかも知れないと心配したのだが、それは杞憂《きゆう》だった。

そばでじっと黙って立っていた半次郎はおもむろにしゃがみ込むと、男児に背を向けた。梅吉が喜んで大きな背にのると、半次郎は落ちないように左手で小さな尻を押さえた。右腕は伸びたまま、ぶらぶらしている。

「あら、よかったね、梅坊。おとっつぁんにおんぶされて」

次郎兵衛の朝餉の支度をしていたお清も出てきて、梅吉の頬を指で突いた。梅吉は得意そうな笑顔を見せた。

半次郎を襲った職人三人は、事件の三日後に幸助たちの探索で見つかり、奉行所で裁きを受けることになった。半次郎のもとに幸助が訪れ、事後の報告をしたのは、さらにその数日後だった。きつい裁きが下されるだろうと幸助は伝えたが、半次郎の表情は変わらなかった。利き腕の右腕の骨が折れて、意のままに動かせず、このまま一生よくなることはないだろうとの医者の言葉に落胆しているのか、と幸助は推察した。

重い心を抱えている半次郎に、お松は在所の常陸高萩《ひたちたかはぎ》に行かないかと伝えた。高萩にはお松の長兄がいて、百姓をしている。長兄の家に世話になりながら百姓仕事をして養生するのもいいのではないかとお松は言った。

半次郎はいいとも悪いとも答えなかったが、それはお松の提案を受け入れるという返事とも受け取れた。お松は大家の次郎兵衛に長屋を出ることを伝え、数少ない身の回りのものを整理し、今朝の出立を迎えたのだった。

「みなさん、お世話になりました」

お松が頭を下げた。

「お松さん、達者でね。世の中、悪いことばかりじゃないよ」

お清は涙声で励ました。

「梅坊だって、いつまでも子供じゃないよ。だんだん大きくなれば、母親の手助けができるようになるさ」

お恵がつけ加える。

「辛抱しなよ」

お恵の亭主の権蔵も励ます。

「これは少ないが、餞別《せんべつ》だ」

次郎兵衛が紙に包んだ五匁銀《ごもんめぎん》をお松に渡した。

「大家さん、ありがとうございます」

深く頭を下げたあと、お松は半次郎を促して木戸に向かった。

木戸を出て、もう一度深くお辞儀をすると、お松と梅吉を背負った半次郎の影は小さくなっていった。

「半次郎の野郎、最後までうんともすんとも吐《ぬ》かさなかったぜ。ほんとに悔いてんのかね」

権蔵が吐き出すように言った。

「おんぶ、だよ」

お恵が言った。

「おんぶ?」

権蔵がおうむ返しに言った。

「そう、おんぶ」

お恵は権蔵の顔をじっと見つめて言った。

「半さんは今まで梅坊を抱っこしたこともなけりゃ、おんぶしたこともなかった。たぶん梅坊が手前の子じゃないって疑いがあったからだろうね。だから素直に抱きしめることができなかったんだよ」

「それが今回の一件で吹っ切れたということか」

権蔵がお松の言葉を引き取って言った。

昼も夜も甲斐甲斐《かいがい》しく自分を看病してくれる女房の献身ぶりを見ていて、半次郎の心の中の何かが変わったのかも知れない、と次郎兵衛は思った。

「梅坊をおぶったということは、これまでの手前の行いを悔いて、新しく出直そうってえ半次郎の心の表れだってことか」

権蔵が合点《がてん》がいったように言った。

「すっかり変わることはできなくても、変わろうとしているんじゃないかね。今度、手前が痛い目にあって、変わろうとするきっかけができたんじゃないのかねえ」

お恵がしみじみと言った。

次郎兵衛はお恵の言うとおりかも知れないと思った。

（人は何かのきっかけで変わる、変わろうとする。そのきっかけがいつかは、おのれにも分からない）

次郎兵衛は人通りが多くなった木戸の外をしばらく見つめていた。

「さあ、次郎兵衛さん、朝餉にしましょう」

お清が明るい声で次郎兵衛に言った。

八

朝夕めっきり涼しくなり、高い空に鰯雲《いわしぐも》が見えるようになった八月のある日、久しぶりに源内が次郎兵衛の家に顔を見せた。

「面白いものを見てきましたよ」

まるで子供のような笑みを浮かべて源内は座敷に上がり込んできた。

「両国で一丈《いちじょう》(約三メートル)を超す大魚がでっかい桶《おけ》に入って見世物になっているんだが、こいつが色が白くて魚のくせに鱗《うろこ》がない、奇妙奇天烈《きてれつ》な代物。どうやら鮫《さめ》の仲間でウキギとか言うんだそうだが、でかい魚を頭のところでぶった切ったような奇妙な姿なんだそうです。芝浦《しばうら》沖をぷかぷか浮いていたところを地元の漁師が何人かで釣り上げたというから摩訶《まか》不思議」

頭だけの魚が海の上をぷかぷか浮いていたというのだが、源内の話だから本当か嘘か分からない。源内はときどき人を楽しませようとして大法螺《おおぼら》を吹くことがあるからだ。

「それじゃあ次は、尻尾《しっぽ》だけの魚が見つかるかも知れませんね」

次郎兵衛は茶を飲み干して、源内をからかった。

のんきな話には事欠かない長屋の住人たちだが、その年も押し詰まって、ひとつの騒動が持ち上がった。

「大家さん、いらっしゃいますか」

女の声がして、流しもとにいたお清が腰障子をあけると、真向かいに住んでいる屋根職人の長吉《ちょうきち》の女房のお滝《たき》が立っていた。そばに左官屋の熊三《くまぞう》の女房のお磯《いそ》もいる。お滝とお磯の家は隣同士だった。

「お滝さん、それにお磯さん。二人そろってどうしたの?」

お清がびっくりしたように言うと、「亭主たちが仕事に出かけたものだから」とお滝が答えた。

「まあ、外は寒いから、よかったら中へ」

お清が二人を招じ入れた。

「次郎兵衛さん、お滝さんとお磯さんですよ」

お清が次郎兵衛に声をかける。

次郎兵衛は腰を上げて、上がり框までやって来た。

「どうしなさった？」

「それが、どうにも馬鹿らしくて、相談にうかがうのも気が引けたんですが……」

お磯が口を開いた。

長吉と熊三は同じ職人ということもあり、普段から仲がいい。先日も仕事を終えて、二人で近くの煮売り酒屋で酒を飲んだ。そのうち酔った熊三が、子供が二人もいて、なかなか暮らしも楽ではないと愚痴《ぐち》をこぼした。

「うちに比べりゃ、お前のところはいいなあ。夫婦二人で食い扶持《ぶち》が安くあがらあ」

その熊三のひと言に長吉がカチンと来た。

「夫婦二人でもなかなか食っていくのは大変なんだぜ」

すると酔いの回った熊三は、「二人と四人じゃ、飯の量も違うし、糞《くそ》の量も違うだろう」

と訳の分からないことを言い出した。

「四人といったって、お前のところは五歳の太助と乳飲み子の餓鬼《がき》の二人だろう。飯の量、糞の量といったって、高が知れている」

気色《けしき》ばんだ長吉も言い返した。

「何を、この野郎。餓鬼といったって一人前だ。そもそも俺は、餅代《もちだい》がどのうちでも同じだというのが気に入らねえ。糞の量は四人になれば二人の倍だ。倍の糞を垂《た》らしているのに、餅代が同じということが納得いかねえ」

「何度言わせりゃ気がすむんだ。四人のなかには、五歳の小便垂れと襁褓《むつき》がついた赤子も入っているんだ。大人の糞の量とは違うぜ」

「何を！　うちの太助を小便垂れなんぞと吐かしやがったな」

熊三が長吉に殴りかかり、そのあとは周りを巻き込んだ大騒動になった。

長屋の総後架《そうこうか》は、女の大小便と男の大便は便壺《べんつぼ》にためるが、男の小便は垂れ流しで、小便器から路地のどぶに流れこんでいた。この便壺の糞尿《ふんにょう》を、近在の百姓が定期的に汲み取っていく。農作物の肥料にするためだが、この糞尿の代金が大家にとって大きな収入となるのだ。

このころ、一年間の下肥《しもごえ》を一人当たり米一斗《いっと》と勘定し、長屋と契約した農家から翌年分を年末に前納させるのが通例だった。その金額が年間三十両、四十両にもなるから、糞代といっても馬鹿にならない。大家はこの金を餅代という名目で、正月の松飾りや鏡餅《かがみもち》用に店子《たなこ》らに配ったのだが、その餅代の金額のことで二人は取っ組み合いの喧嘩までしたのだった。

その後、長吉と熊三は路地であっても顔を背《そむ》けて挨拶もしない。

「まったく餓鬼の喧嘩ですよ」

お滝が情けなさそうに言った。

「大家さん、どうしたらよろしいでしょうね」

お磯がつけ加えた。

「次郎兵衛さん、二人を呼んで、話をするしかないですね」

ずっと聞いていたお清が助言する。

「うむ。糞代が思わぬところで諍《いさか》いの種になったか……」

次郎兵衛は腕を組んで考え込んだ。

二日後、次郎兵衛は長吉と熊三を自宅に呼んで説教し、仲直りをさせた。もともと馬の合う者同士であり、酒が入ったうえでの喧嘩だったので、互いに素直に非を認め合った。何よりも年末の掛け取りの時期に、餅代が入ったことが二人の気持ちを和らげたというのが大きな理由だった。

「やれやれ、いちおう一件落着というところかな」

餅代を長屋の住人に配り終えた次郎兵衛が、お清が入れた茶を飲みながら言った。

「ほんに、男衆とは世話の焼けるものですね」

今回の一件の一部始終を聞かされていたお清が、片手で肩をトントンと叩きながらのんびりと答えた。

ところが数日後、朝餉の支度にやって来たお清が眉をしかめてこんなことを言った。

「昨日、湯屋でお磯さんに会ったんですがね。洗い場でずっと愚痴のこぼしっ放しでしたよ」

お磯の話によれば、亭主の熊三と長吉がまたぞろ一緒に煮売り酒屋に行くようになったという。

「仲直りしてよかったじゃないか。何か差し障りでもあるのかい?」

次郎兵衛が訝《いぶか》しそうに訊ねた。

「それがね、その飲み代というのが、この間配られた餅代なんですよ」

お清は、金が入ったのをいいことに二人がつるんで飲み歩いているのだと言った。

「お磯さん、怒っていましたよ。これじゃ正月の支度もできないし、子供に晴着も買ってやれないって」

「……」

次郎兵衛には返す言葉もなかった。

「ほんに、男衆とはどうしようもないものですね」

朝餉の支度をしながら、お清が呆れたように言った。

第三章　秋は夕暮

一

湯島の料亭・花月《かげつ》の小座敷。

以前通された中座敷よりも狭いが、次郎兵衛にはこちらの方が落ち着いた。今日も、遠くの方から新内が聞こえてくる。

膳を前に大久保忠舒《ただのぶ》と近習の小橋欣三郎《こはしきんざぶろう》、そして次郎兵衛が対座している。

「春信、今日はお前の知恵を借りようと思ってな」

盃の酒を口に含んでから、大久保は次郎兵衛に言った。

「私の知恵？」

次郎兵衛はおうむ返しに答えた。

「そうだ」

大久保はそう言って頷いた。

錦絵の絵暦は交換会を通じて、たちまち江戸中の評判となった。だが年が明けて明和三年になると、まるで潮《しお》が引くように交換会の数が激減した。

「絵暦はそろそろ飽きてきたのう。暦としてではなく、一枚の見て楽しめる絵をこしらえてみるか」

絵暦で多色摺の可能性を知った大久保は、次の退屈しのぎを考えていた。

「実はのう……」

大久保は、江戸《えど》座《ざ》俳諧の友人らへの配り物として、中国山水画《さんすいが》の伝統的画題である「瀟《しょう》湘《しょう》八景《はっけい》」を題材にした摺物《すりもの》はどうかと次郎兵衛に相談した。

摺物とは、個人が制作して知り合いに配る少部数の木版画である。商業的な大量出版物ではない。商品ではないから採算は度外視し、紙や絵具に高級品を使うこともある。絵師にとっては重要な副職といえる。

「瀟湘」とは、中国の湖南省にある洞庭湖《どうていこ》に合流して注ぐ瀟水と湘水のこと。風光明媚な水郷として知られ、北宋時代にこの地に赴任した官僚の宋迪《そうてき》が描いた八幅の作品が

「瀟湘八景」。八景とは、「平沙落雁《へいさらくがん》」「遠浦帰帆《えんぽきはん》」「山市晴嵐《さんしせいらん》」「江天暮雪《こうてんぼせつ》」「洞庭秋月《どうていしゅうげつ》」「瀟湘夜雨《しょうしょうやう》」「煙寺晩鐘《えんじばんしょう》」「漁村夕照《ぎょせんせきしょう》」をいう。

「瀟湘八景も結構とは存じますが、わが国には近江八景《おうみはっけい》というものもございます」

次郎兵衛は言った。

「瀟湘八景」にならって、琵琶湖《びわこ》近辺の絶景を描いた「近江八景」という画題が日本で生まれた。「堅田落雁《かただらくがん》」「矢橋帰帆《やばせきはん》」「粟津晴嵐《あわづせいらん》」「比良暮雪《ひらぼせつ》」「石山秋月《いしやましゅうげつ》」「唐崎夜雨《からさきやう》」「三井《みい》晩鐘《ばんしょう》」「瀬田夕照」の八景である。

「狩野派などがよく描く画題であろう。洞庭湖を琵琶湖に置き換えただけの趣向だ。つまらんな」

大久保は不服そうな顔をした。

次郎兵衛はしばらく考え込んだ。

「では、いっそ広大な景色をひと息に縮めて、座敷八景というのはいかがでしょう。近江八景を座敷という卑近な場に置き換え、そのずれを楽しむというのは」

「座敷八景とな？　うむ。面白そうだ」

大久保は破顔一笑した。

実は、この着想は次郎兵衛の咄嗟《とっさ》の思いつきではなく、大坂の狂歌師・鯛屋貞柳《たいやていりゅう》の『狂歌机《つくえ》の塵《ちり》』からの借用だった。

例えば、貞柳に「ふきというも草葉《くさば》のつゆの玉琴《たまこと》を手ならす袖に冥加《みょうが》あらせたまへ」という歌があるが、この歌を踏まえて、「瀟湘八景」のうち「平沙落雁」を「琴路《ことじ》（柱）の落雁《らくがん》」と置き換える。琴曲「ふき」を詠んだ貞柳の狂歌から発想を飛ばし、十三弦を支える琴柱を隊を組んで飛ぶ雁《がん》になぞらえたらどうか、と話しながら次郎兵衛は懐から画帳と矢立の筆を取り出して略図を描いた。

「なるほど。ひと目見た者は頭をひねるだろうのう」

大久保は子供のような邪気のない顔になった。

「彫りと摺りはいつもの絵暦の連中に任せよう」

「さぞかし立派なものができましょう」

次郎兵衛もにこりと笑った。

次郎兵衛が予想したとおり、贅《ぜい》を凝らした「座敷八景」は出来栄えが素晴らしく、大久保の友人知人の間で大評判となった。「琴路の落雁」のほか、次郎兵衛が考案したのは「手拭掛《てぬぐいかけ》の帰帆」「扇子《せんす》の晴嵐」「塗桶《ぬりおけ》の暮雪」「鏡台《きょうだい》の秋月」「台子《だいす》の夜雨」「時計の晩鐘」

「行灯《あんどん》の夕照」の七景である。

早速、「座敷八景」の評判を聞いた版元の松鶴堂がひと儲けしようと目をつけて、大久保に版権を譲ってくれと掛け合った。松鶴堂は「座敷八景」の「巨川」の文字を消し、色合いをはっきりさせて、純粋な観賞用の作品として刊行した。これが功《こう》を奏《そう》して、江都の好事家の間で大好評を得た。

（大久保様は松鶴堂から一体いくらもらったのか……）

大久保に直接訊ねることはしなかったが、次郎兵衛はそう思った。

二

朝方、寒いと思って腰障子を開けると二、三寸雪が積もっていた。

「珍しく積もりましたね」

台所で朝餉の支度をしているお清が言った。

ねぶか汁のいい匂いがする。

「どうりで冷えると思ったよ」

次郎兵衛は外の雪景色を見ながら、そう答えた。

長屋の掃き溜《はきだ》めの横で、綿入れを着た太助と二、三人の子らが雪まろげを作って遊んでいた。

「寒くないのか、太助」と次郎兵衛が声をかけても、「へっちゃらだい」と太助は大声で答えた。だが子供らの中には、やはり寒いのか、頬を真っ赤にして両手に息を吹きかけている幼な子もいた。

思わず身震いをして次郎兵衛が障子を閉めようとすると、積もった雪を踏んで、岡っ引きの幸助が次郎兵衛の住まいの方にやって来た。下駄の歯の間に雪が挟まって歩きにくそうだ。

「ちょっと次郎兵衛さんに立ち会ってもらいてえんですが」

金壺眼《かなつぼまなこ》の奥から鋭い視線を投げ、沈鬱《ちんうつ》な声で幸助は言った。

「幸助さん、どうしなすった？」

「長屋の留蔵《とめぞう》が神田川で死体になって見つかったんで」

「留蔵が？」

次郎兵衛は思わず大きな声を出した。

たしか留蔵はまだ十五歳。四十近くになる父親の三五郎と、西側の奥から二軒目で二人暮らしをしている。

(この寒空の下、川で死体となったとはどういうことか……)

次郎兵衛は訝った。

幸助の話によると、留蔵は奉公先の米屋を親にも内緒で勝手にやめたあと、無職のごろつき四人と行動をともにしていたという。仲間内では使い走り同然で、年上の連中から頻繁に暴力を受けたり、万引きを強要されたりしていた。二日前、ささいな揉め事から留蔵は殴《なぐ》る、蹴るなどの暴行を受けて、意識が混濁したところを川に沈められ、昨日の夕方、死体となって発見されたのだという。

「ひどい話……」

幸助の話を聞いていたお清が調理の手を止めてそう言った。

幸助はため息をつきながら言った。

「留蔵は幼いころ、母親に死に別れてから父親一人の手で育てられたんだが、口よりも手の方が早い親父で。何かというと殴られて育ったらしい。手前の家ほど居心地の悪い場所はなかった、と生きているとき、遊び仲間に言っていたとか」

奉公先を辞めて、深夜の店舗に忍び込み、現金を盗んだのが悪事の始まり。そのままずるずると仲間との関係が切れず、元の生活に戻るのも不安で、ここまで来てしまったらしいと幸助は語った。

幸助の話に次郎兵衛は無言で聞き入っていた。

「留蔵の遊び仲間の頭格《かしらかく》だったのが二十歳になる庄九郎《しょうくろう》という野郎で。父親は神田材木《かんだざいもく》町《ちょう》の材木問屋・福島屋の主人で儀右衛門《ぎえもん》といいます。庄九郎は三人兄弟の長男ですが、こいつがとんだ食わせもので、町で見つけたしろうと娘を無理やりに駕籠に乗せて、向島《むこうじま》にある親父の寮に連れ込んでは手込めにするというのがいつもの手口」

幸助はひと息ついた。

お清はじっと耳を傾けている。

庄九郎は昨晩遅く、いつも仲間と屯《たむろ》している浅草奥山の揚弓場《ようきゅうば》で捕縛されたと幸助は言った。仲間は犯行を認めたのに、庄九郎は自身番で問い詰められても、「覚えていない」「知らない」の一点張りで白《しら》を切りとおしているという。

「庄九郎の野郎、一年ほど前に商家の内儀《ないぎ》にしつこく付きまとっていたことも探り当てました。奴は繰り返し内儀を店の前で待ち伏せし、近所の噂になっていました。女にだらしがない、どうしようもない外道《げどう》でさあ」

幸助の話がひと区切りすると、次郎兵衛は朝餉は後にするとお清に言い残して、幸助とともに雪の中を自身番まで足を運んだ。

次郎兵衛は町役人《ちょうやくにん》に挨拶をすると、筵《むしろ》をかけられた留蔵の死体のそばに近づいた。知らせを受けてやって来た父親の三五郎が座っていたが、次郎兵衛の顔を見ると黙って頭を下げた。

「庄九郎の父親の儀右衛門にも伝えてあるんですが、すでに勘当《かんどう》した倅だから関わりはねえとの一点張りで、顔も見せねえんですよ」

幸助が小声になって、次郎兵衛の耳元で言った。

(子をまっとうに育てるというのは、なかなか難しいものだ……)

子のない次郎兵衛にも、子育ての困難さは分かるような気がした。

幸助から、まだ聞きたいことがあると言われた三五郎を残し、留蔵の検死をすませた次郎兵衛は先に帰ることにした。住まいに戻ると、すでに昼近くになっていた。

長屋の掃き溜めの横に雪まろげはあったが、子供らの姿はもうなかった。

お清が支度してくれた朝餉も、凄惨《せいさん》な死体を見たあとでは口にする気もなくなっていたが、茶碗酒を一杯口にすると心持ちが落ち着いてきた。

「大家さん、源内さんがよかったら来ないかといってるよ」

腰障子をそっと開けて、太助が声をかけてきた。

「そうかい。雪まろげ、よくできたじゃないか」

次郎兵衛がそう言うと、太助はにっこり笑って腰障子を閉めた。

(浮世離れしたあの御仁はどうしているか……)

源内に会うのは久しぶりだ。

次郎兵衛は長屋の西端にある源内の住まいを訪れた。

「源内さん、いますか」

声をかけて中に入ると、源内と向かい合って十代後半の若い武士が座っていた。額《ひたい》が秀でて、二重まぶたの目の光が輝いている。先日見かけた色子の吉之助は今日はいないようだった。

「こりゃ、お客さんか。お邪魔していいのかな」

次郎兵衛が念のため訊ねると、「お上がりなさい」と源内が答えた。

「では、お邪魔でなければ」と言って、次郎兵衛は遠慮なく座敷に上がった。

「次郎兵衛さん、こちらは大田直次郎《おおたなおじろう》さん」

源内が紹介すると、若者は丁寧に頭を下げた。大田直次郎は十八歳だという。牛込仲御徒町《うしごめなかおかちまち》に住んでいる。父が幕府の御徒を勤めていたが、直次郎は幼いころから学問好きが高じて、内山賀邸《うちやまかてい》のもとで和歌や国学を学んでいた。

内山賀邸は号を椿軒《ちんけん》ともいい、牛込加賀屋敷に住まいがあったので賀邸と号した。直次郎が入門したのは宝暦十三年、十五歳のときだという。

「ほら、この間うちに来た平秩東作《へづつとうさく》。あの平秩も賀邸先生の弟子なんですよ」

源内は次郎兵衛に茶を出すと、菓子皿の饅頭をぽいと口に入れ、「直次郎と私が知り合うきっかけになった男がいてね」と言って、茶をひと口飲んだ。

平秩東作は親子ほど年の違う直次郎の学才に舌を巻き、直次郎に多くの友人を紹介したという。その平秩の友人のなかに川名林助《かわなりんすけ》という男がいた。漢詩文をよくしたが若くして仕事をやめ、あちらこちらを放浪し、江戸に戻ってからは平秩の家に寄食していた。

たまたま平秩宅を訪れた直次郎が林助と出会い、そのうち林助は直次郎の家に泊まるほど親しくなった。ところが何が気に食わなかったのか、林助は突然、直次郎宅から源内宅に移ってしまった。理由を訊くため、直次郎が林助に会おうと源内宅を訪れたところ、たまた在宅中の源内と面会し、意気投合したのだという。

「林助を訪ねてきたのに、源内先生にお会いできるとは思いもしませんでした」

直次郎は昔を思い出すように言った。

直次郎はそのころ、源内の『根南志具佐《ねなしぐさ》』『風流志道軒伝』を読んで感激し、源内に憧れていたとも言った。

「それで、林助とかいう人が直次郎さんのお宅をぷいと出ていったわけは？」

次郎兵衛が訊ねた。

「いまだに分かりません」と直次郎が言った。

「居心地が悪かったのか、飯がまずかったのか……」と源内が茶化したが、直次郎は笑わなかった。

直次郎はその後、何度も源内宅を訪問し、自作の戯文などを見てもらっているという。

「ぜひともお弟子にしていただきたいと思いまして」

若いながら老成《ろうせい》した口調で直次郎は言った。

「若いのに狂詩なんぞを書いていて、来年出す狂詩文集に序《じょ》を書いてほしいんだとか」

源内は呆れたような顔つきで言うが、新しい才能の出現に満更でもない様子だった。

源内がいう狂詩とは、滑稽を主とした漢詩のことだが、俗語を用いながら平仄《ひょうそく》や押韻《おういん》を踏んだ知的な創作である。

「号は南畝《なんぽ》、また寝惚《ねぼけ》先生ともいうそうです。何だか変わった御仁だ」

饅頭をまた一つ口に放り込み、源内が言った。

直次郎は賀邸に入門したころから南畝の号を使っているが、これは『詩経《しきょう》』からとったものだという。寝惚先生の方は、当時の流行語「先生寝惚けたか」のもじりだ。

（おのれの変人奇人ぶりを棚《たな》に上げて、直次郎を変人呼ばわりする源内こそ変人の親玉ではないか）

次郎兵衛は心の中でそう思ったが、もちろん口には出さなかった。

三

明和三年五月になった。

夏の物売りが江戸の町に姿を見せる。粋な姿の扇の地紙《じがみ》売り、涼しそうな心太《ところてん》売り、子供が売り歩くほおずき売り、細い管から丸い泡を吹き出すしゃぼん玉売り。

江戸の空には端午《たんご》の節句の鯉幟《こいのぼり》や吹き流し、鍾馗幟《しょうきのぼり》が風にたなびいている。

「えいっ」

「やあ、参ったか」

左官屋の倅の太助らが、行商人から買った菖蒲《しょうぶ》太刀で戦の真似事をしている。菖蒲を束《たば》ねて地面を叩く遊びをしている小さな子もいる。菖蒲は尚武《しょうぶ》に通じ、武家はもとより町家に至るまで男子の健康と成長を祝うのが端午の節句の習わし。

「おっと危ない」

次郎兵衛の足下に犬の糞が転がっていた。

江戸に多いものは「伊勢屋稲荷《いなり》に犬の糞」といわれるとおり、道ばたにはやたらと犬や馬の糞が転がっていた。用心して歩かないと、踏んづけてしまう。

(それにしても若い女はいい……)

次郎兵衛がすれ違う女たちが着ている着物の色は、今年流行の路考茶《ろこうちゃ》。路考茶とは、二代目・瀬川菊之丞が『八百屋《やおや》お七』の狂言で、下女お杉の役で着た衣裳の染色から流行した渋い色の茶染めである。

(路考髷《まげ》に路考結び、そして路考茶と、相変わらずの路考人気だ)

仕事が一段落したばかりの次郎兵衛は手拭いを肩に、早風呂に入ろうと家を出てきたところだった。湯屋は明け六ツ（午前六時）から暮れ五ツ（午後八時）まで営業している。

次郎兵衛は寿湯《ことぶきゆ》という湯屋の暖簾をくぐると、番台で六文の湯銭を払い、脱衣場で着物を脱いだ。洗い場で体をざっと流し、かがんで柘榴口《ざくろぐち》をくぐって湯船に入る。中は狭くて暗いが、束になった菖蒲が浮いているのが分かる。

菖蒲は邪気を払い、虫の毒にも効果があるとされている。次郎兵衛は束になった菖蒲で腕や肩などを叩いた。

「ああ、やっぱり湯はいいなあ。疲れがとれる」

湯船につかって、次郎兵衛は大きな声を出した。隣の男の顔も見えないのだから気も大きくなる。

次郎兵衛は今年、『絵本さざれ石』を刊行したが、来年には『絵本千代松《ちよのまつ》』『絵本童《わらべ》の的《まと》』『絵本春の雪』『絵本武勇錦《にしき》の袂《たもと》』などの絵本の刊行が次々に予定されていて、遊ぶ暇さえない。

（少し仕事を引き受けすぎたか……）

疲れのため血のめぐりが悪いのか、めまいがする。目がかすみ、肩が凝り、腰が痛い。

足の甲にむくみも出ている。酒の量ばかり増えて外にも出ないので、体の調子があまりよくない。以前から続く心《しん》ノ臓《ぞう》の痛みも、ときどきぶり返す。それでも絵を描くことが好きだから、注文がくれば何でも引き受けてしまう。

（まあ、前に描いたのをちょっと変えて使ってみればいいか）

『絵本千代松』は四季折々の女性の風俗を描いた墨摺絵本になる予定で、画面上部に和歌を配置するつもりだった。絵暦「夕立《ゆうだち》」からの転用なども考えていて、手を抜いた仕事だと批判されることも半ば覚悟していた。

次郎兵衛が湯からあがって脱衣場に戻ると、次郎兵衛が脱いだ着物に手をかけている若い男がいた。

「お前さん、それは私の着物だ」

次郎兵衛が近づいてなじった。

「おお、こりゃいけねえ。すまねえ、旦那」

若い男は別の籠《かご》に入った着物を急いで着ると、出口に向かった。

「ちょっと、待ちねえ」

聞き覚えのある声がして、次郎兵衛が振り向くと褌《ふんどし》姿の幸助が立っていた。

湯煙で見えなかったが、幸助も湯船に入っていたらしい。それにしても、岡っ引きの幸助が早風呂の時刻にこの場にいることが次郎兵衛には解《げ》せなかった。

「何か、あっしにご用で？」

若い男は振り向いて返事した。

「お前、板《いた》の間稼《まかせ》ぎだな」

幸助のそのひと言に、男の表情が変わった。

慌てて逃げようとする男の脚に幸助の脚が絡《から》んだと思うと、男の体がもんどり打った。

「観念しやがれ！」

幸助の一喝《いっかつ》に、男は尻餅をついたまま動かなくなった。

何事かと驚く客たちのなかに、そそくさと褌をつけて着物を身につけようとする中年男を見つけた幸助は、「佐平次、そいつを逃がすんじゃねえ！」と叫んだ。

「へい！」と大声で答えた褌姿の若者が、中年男を後ろから羽交《はがじ》い締めにした。男がへたり込んだところを、若者が縄をかけた。

いったい何が起こったのか、次郎兵衛にはさっぱり訳が分からなかった。

「次郎兵衛さん、こいつらはこの界隈を荒らし回っている二人組の湯屋荒らしでさ」

若い男に縄をかけながら、幸助は言った。

思いがけない捕物のあと、縄をかけた二人を引いた佐平次という下っ引きと幸助とともに、次郎兵衛は自身番まで足を運んだ。

番太《ばんた》に二人を引き渡すと、幸助は次郎兵衛にこの一件の経緯《いきさつ》を語った。

「年上の男が彦蔵《ひこぞう》、若い男が新八《しんぱち》って名なんですがね、彦蔵の二の腕には二寸ほどの傷痕、新八の脇の下には大きな黒子があることが分かっていたんですが、普段はどっちも着物で隠れていて確かめられねえ。そこで、こちらも裸になって本人かどうかを確かめたというわけで」

幸助は顎で二人を指すと、渋茶をすすった。

「奴らの手口ですが、まず町なかで上物《じょうもの》の着物や帯を身につけた裕福そうなお店者や隠居が湯屋に行くのに目をつけると、二人で後をつけていくんでさ」

目星をつけた相手が湯屋に向かい、脱衣して湯船に入ると、垢《あか》じみたつぎはぎだらけの着物をきた新八と上物の着物をきた彦蔵が、獲物《えもの》の着物が入った籠の近くで脱衣して後から湯船に入っていく。獲物がのんびりと湯に浸かっているのを見届けると、彦蔵が急いで脱衣場に戻り、獲物の着物を身につけて湯屋を出る。

そのあと、新八がおのれの着てきたつぎはぎだらけの着物をそのままに、先に出ていった彦蔵の上物の着物を着て湯屋を出ていくのである。

「万が一、彦蔵が着替えの最中に見とがめられても、俺のじゃなかった、すまねえと、ひと言謝《あやま》りゃすんじまう」

なかなか巧妙な手口だ、と幸助は言った。

「盗んだ着物や帯はどうするんですか」

次郎兵衛が訊ねると、茶をひと口飲んだ幸助が答えた。

「蛇《じゃ》の道は蛇《へび》。古着屋が並んだ柳原《やなぎわら》土手や富沢町《とみざわちょう》には、鑑札も持たずに盗品ばかり扱う店があるんですよ。そこに持っていきゃあ、すぐに金と交換してくれる」

犯罪の世界の闇の深さに、次郎兵衛は身震《みぶる》いした。

「湯屋には上物は着ていかねえ方がいい。それから履き物も」

高価な桐下駄《きりげた》が、帰りにはちびた板きれのような下駄に変わっていることがある、と幸助は真顔で言った。

四

井戸の周囲に長屋の住人が集まって、がやがやと騒いでいる。

昼近くだというのに、大人たちは酒を飲み、子供らは菓子を食ったり走り回ったりしていて、まるでお祭りのようだ。

今日は七月七日。年に一度の井戸替《が》えの日だ。井戸替えは井戸浚《さら》いともいい、この日は江戸中の井戸が洗い清められる。町内総出で滑車や桶などを使って水を汲み出し、井戸をさらう。その後、井戸職人が中に入って丁寧に洗い、底に落ちている落ち葉やゴミなどを拾う。井戸替えを終えると、井戸には酒や塩が供えられ、慰労のために酒盛りが開かれる。

「大家さん、どうです、もう一杯」

飾り職人の権蔵《ごんぞう》が徳利を持って、縁台に座っていた次郎兵衛のもとにやって来た。

「今年も無事、井戸替えが終わってよかった」

次郎兵衛が徳利の酒を茶碗で受けながら言った。

「井戸替えが終わると、お盆ですね」

権蔵が首に巻いた手拭いで顔の汗を拭きながら言う。

「わっしょい、わっしょい！」

井戸の周りで、住人らが年長の伊兵衛《いへえ》を胴上げしている。井戸替えが終了したときの恒例行事だ。

「伊兵衛さん、顔をほころばしていますね」

権蔵も茶碗酒を飲みながら笑顔で言う。

理由は分からないが、このところ浮かぬ顔をしていた伊兵衛も、今日ばかりは上機嫌のようだった。

「まあ何とか生きていくしかない……」

次郎兵衛はおのれに言い聞かせるようにつぶやいた。

お盆も過ぎて、風の気配に秋を感じるようになった数日後のこと。

次郎兵衛が墨をすり、絵筆を取って下絵を描き始めようとしていると、戸口で訪《おと》なう声がした。

「ご免くださいまし。大家さん、いらっしゃいますか」

次郎兵衛は「お清さん」と言いかけて、すぐにお清が引き上げたことに気づいて絵筆を置いた。

（いったい誰だ。せっかく興が乗ってきたのに……）

次郎兵衛は立ち上がって土間に下りた。

腰障子を開けると、次郎兵衛の四軒隣に住む五十年配の男が、背中を丸めてたたずんでいた。

「どうしなさった、伊兵衛さん」

次郎兵衛は不興《ふきょう》そうな顔も見せずに、笑顔で応対した。

「それが、雨漏《あまも》りがひどくて……」

上目づかいに伊兵衛はぼそぼそ声で言った。ときおり咳《せき》もしている。

このところの雨で、天井からポタリポタリと雨滴が落ちてくるのだと伊兵衛は言う。

「前にも屋根の修繕をお願いしてあったんですが……」

伊兵衛に言われて、次郎兵衛は思い出した。

「そうだった。申し訳ない。すっかり忘れていました」

絵の仕事を後回しにして、次郎兵衛は急いで伊兵衛の住まいに向かった。

伊兵衛の住まいは東側の一番奥にある。真向かいが源内の住まいだが、ほとんど留守にしているため不用心だと常々次郎兵衛は心配している。

開いたままの腰障子の間から伊兵衛の住まいを覗いてみると、破れ畳の上に大小三つほどの桶が置かれていて、その中に雨水が溜まっている。

「これはいけない。家財道具は濡れなかったかい？」

「家財というほどのもんは、もともとありませんで……」

伊兵衛に言われて中を見回すと、なるほどそのとおり、蒲団と衝立《ついたて》と行灯《あんどん》くらいで他には何もない。

「長吉さんに修繕を頼んでみよう」

次郎兵衛はそう言うと、同じ長屋に住む屋根職人の長吉のところへ向かった。

貧乏長屋だから、武家屋敷や寺院のように瓦で屋根を葺《ふ》いているわけではない。杉の木の板を並べただけの粗末な安普請《やすぶしん》だから、わざわざ屋根職人の手を煩《わずら》わせることもあるまいとは思ったが、長吉の住まいを訪ねるとまだ仕事に出かけていなかったのを幸いに次郎兵衛は修繕を頼んだ。

「ようがす。大家さんの頼みなら断るわけにゃあいかねえ」

長吉はねじり鉢巻きをして、長屋の総後架のうしろからはしごを抱えて戻ってくると、あっという間に屋根に上り、新しい杉板に取り替えて雨漏りの個所を修理してしまった。

「これで当分は大丈夫でさ」

長吉は鉢巻きを取って、次郎兵衛と伊兵衛に言った。

「長年雨風を受け続けていれば腐蝕《ふしょく》もすすむ。まして板きれ一枚だものな」

次郎兵衛が長吉と伊兵衛に言った。

「ありがとうございました。これで今夜から安心して眠れます」

伊兵衛は次郎兵衛と長吉の双方に礼を言うと、コホンコホンと咳をしながら住まいに戻り、すぐに天秤棒《てんびんぼう》をかついで仕事に出かけていった。

「伊兵衛さん、近ごろめっきり老《ふ》けたみてえだな……」

長吉が伊兵衛の痩《や》せた後ろ姿を見ながら、次郎兵衛に話しかけた。

「いつか立ち話で、若いころは女房と子供がいたが、酒と博打がたたって離縁され、それからはずっとやもめ暮らしだと言っていた」

「人というのは、若いころはおのれが年を取ることなぞ他人事《ひとごと》だと思っている。年を取ったなと気がついたときには、もう遅い」

次郎兵衛は自分を省みて、しみじみとした口調でそう言った。

伊兵衛は付け木《つぎ》売りをしている。硫黄《いおう》を塗った松や杉の木っ端《こぱ》を天秤棒にのせて売り歩く。朝早く仕事に出かけ、夜遅く帰ってくる。棒手振り《ぼてふ》のその日稼ぎでは生活は苦しく、蓄えもままならない。伊兵衛は必死で節約しているらしいが、五百文の家賃もたまりがちだ。天秤棒をかついで暑さ寒さの中を歩き回る仕事は体にこたえるが、他に当てもないので続けるしかない。

ひとたび病にかかれば仕事はできなくなる。老いへの恐怖もある。先行きは不安だらけだ。

「伊兵衛さん、前にこんなことを言ってたな」

長吉がふと思い出したように言った。

「どんなことだい？」

次郎兵衛が訊ねる。

「明日の蓄えもないから、病の床についたら死んだ方が楽。どこまで仕事を続けられるか、ってさ」

長吉はやるせないような口調で言った。

長吉と別れて自宅に帰ってきた次郎兵衛は、なかなか仕事に取りかかれず、ぼんやりと茶を喫《きっ》していた。

実は、次郎兵衛にも一つの心配事があった。それは近ごろ、心《しん》ノ臓《ぞう》がときどき鷲《わし》づかみにされるように痛くなることだった。立ち上がったり歩いたりするときに、その痛みは襲ってくる。痛みや苦しさのあまり脂汗《あぶらあせ》が出るほどで、深く息をして四半刻ほどじっとしゃがんだり、横になったりすると痛みは次第に治まっていく。

次郎兵衛はその痛みの原因を何となく分かっている。おそらくは仕事のやり過ぎと酒の飲み過ぎであろう、と思っている。煙草の方は、吸うと息が切れるので、だいぶ前にやめている。

医者にかかっても、仕事と酒の量を減らせと言われるのが関の山だと思い、つい足が遠のいてしまう。

(果たして、どこまで行けるやら……)

次郎兵衛は深く息を吐いた。

体の調子が落ち着くとようやく仕事に取りかかる気持ちになり、次郎兵衛は文机の上に一冊の本を開いた。『明題和歌全集《めいだいわかぜんしゅう》』である。次郎兵衛が「やつし絵」を制作するにあたって使用している種本だ。主題別に和歌が記されていて、作品の構想を練る際には大いに重宝《ちょうほう》している。

伊兵衛の家の雨漏り騒ぎで中断してしまった仕事に取りかかろうと、次郎兵衛は再び絵筆を執った。

第四章　冬は早朝《つとめて》

一

「さてと……」

　お清が用意してくれた朝餉をすませて一服すると、次郎兵衛は版元から依頼されている揃物《そろいもの》の仕事を始めようと隣室の仕事部屋に移った。

　揃物とは、一つの題材をもとに何枚も描かれた連作のこと。一枚だけで完結する絵ではなく、連作をうたうことで人々の購買意欲を高める効果がある。欠番なしにすべてを揃えたい、という購買者の心理を巧みにつかんだ商法だ。

　一方、絵師の方でも、同じ題材でいくつもの作品を描けるという利点がある。一枚目が売れなくても、二枚目、三枚目が評判となると、それなら遡《さかのぼ》って一枚目から揃えてみようか、という心理になるのが人の常だ。明和四年は、この揃物の注文が次郎兵衛のところに殺到した年であった。

次郎兵衛は鈴木春信という画号のほかに、「思古人《しこじん》」という号も持っていた。「古《いにしえ》を思う人」、すなわち古典を愛好する人という意味だが、次郎兵衛は古典文学への敬意を込めた画や、古典文学に発想を得た揃物をたくさん描いている。

例えば、歌枕として詠まれてきた玉川を主題とした六枚揃の「六玉川《むたまがわ》」は、一枚一枚に主題となる和歌を配し、その歌意に添って当時の風俗を描き出している。

「六玉川」とは弘法大師《こうぼうだいし》（空海《くうかい》）、藤原俊成《ふじわらのとしなり》、藤原定家《さだいえ》らの歌に詠まれた六つの玉川の総称。山城《やましろ》（京都府）の井手《いで》、紀伊《きい》（和歌山県）の高野山《こうやさん》、摂津《せっつ》（大阪府）の三島《みしま》、近江《おうみ》（滋賀県）の野路《のじ》、武蔵《むさし》（東京都）の調布《ちょうふ》、陸奥《むつ》（宮城県）の野田《のだ》にある六つの玉川をさす。

次郎兵衛は、「高野の玉川」で覗《のぞ》き眼鏡で玉川の絵を見る色子《いろこ》と禿《かむろ》、「井手の玉川」で浅瀬を渡る三人娘、「調布の玉川」で水の流れに布をさらす娘、「擣衣《とうい》の玉川」で砧《きぬた》を打つ母と娘、「萩《はぎ》の玉川」で月夜に萩が咲く川辺で涼む二人の娘、「千鳥《ちどり》の玉川」で千鳥が鳴く川辺を歩く歌比丘尼《うたびくに》と小比丘尼を描いている。

（雅と俗。この二つを往還するのが、春信流だ……）

揃物の注文は引きも切らず、和歌から着想して当世風俗を描いた「三十六歌仙《かせん》」「風流六《ろく》哥仙《かせん》」「風流四季哥仙《かせん》」や、俳諧集『五色墨《ごしきずみ》』を題材に、句意を踏まえて当世風俗を描いた「風流五色墨」などの板行も今後予定している。

仕事に疲れた次郎兵衛は、今年刊行された源内の『長枕褥合戦《ながまくらしとねかつせん》』という戯文を手に取って読んでみた。

鎌倉二代将軍の座を巡って展開される源家のお家騒動を題材にした読み物だ。源頼朝《みなもとのよりとも》の死後、頼朝の妻・政子《まさこ》と跡継ぎの頼家《よりいえ》が残される。そこへ梶原景時《かげとき》が二代将軍の座をねらい、政子の寵《ちょう》を得ようと画策。その悪計を阻むのが弓削道久《ゆげのどうきゅう》。道久は畠山重忠《はたけやましげただ》とともに梶原の野望をくじき、政子の寵愛を受ける。一方、梶原は家来に道久の殺害を命じるが、謀略がばれて頼家に捕縛される。かくて頼家は畠山の娘・初花《はつはな》姫をめとって将軍職を継ぐことになる、という筋書き。これを男根比べに置き換えて、猥談風に語っている。

「こいつは何と言っていいのか……」

読み終えた次郎兵衛は言葉に窮《きゅう》した。源内は余人《よじん》の追いつかない領域に入っていると思った。

源内の新著はさておいて、大田直次郎が予告どおり、南畝の号で『寝惚先生文集』を刊行した。十九歳とは思えぬ堂々たる戯文である。その『寝惚先生文集』の中に「東《あずま》の錦絵を詠ず」と題する文があった。

忽ち吾妻錦絵《あずまにしきえ》と移ってより
一枚の紅摺沽《べにずりう》れざる時
鳥居《とりい》は何ぞ敢えて春信に勝《かな》わん
男女《なんによ》写し成す当世の姿

すなわち吾妻錦絵が誕生してから、紅摺絵は古臭いものとなり、これまで栄華を誇っていた鳥居派の絵なぞは春信の描く当世の男女の姿に比べたら何ほどのものか、というのである。次郎兵衛、すなわち春信を絶賛した文であり、江戸で生まれた錦絵がいかに自分を含めた江戸人の誇りとなっているか、ということを述べている。

(直次郎さん、ちと褒《ほ》めすぎだよ……)

とはいえ、次郎兵衛は内心、満更でもなかった。

直次郎には、上方で流行している狂歌や狂詩を、おのれの手で江戸の土地に移し替えよという気構えが感じられる。次郎兵衛もまた、浮世絵を通じて上方ばかりが文化の中心ではないということを明らかにしたい、という強い思いを胸に秘めていた。

二

谷中《やなか》の感応寺《かんのうじ》は、富くじと水茶屋《みずぢゃや》で江戸の人々に知られている。江戸には寺社の境内や門前町、川端などに仮設の店を開き、茶を出す水茶屋（茶見世《ちゃみせ》）が多かったが、とりわけ多くの茶屋が集まっていたのが谷中だった。場所柄、客は近くの寺の坊さんたちが多かった。

水茶屋の看板を掲げながら、裏で春を売る店もあったが、谷中・笠森稲荷《かさもりいなり》の水茶屋は色商売とは一線を画《かく》し、営業は明《あけ》六ツ（午前六時）から暮《くれ》六ツ（午後六時）までと決まっていた。笠森稲荷は「瘡《かさ》を守る」に通じ、花柳病《かりゅうびょう》にかかった男たちが熱心に詣でることでも知られていた。

明和五年秋の一日、次郎兵衛は笠森稲荷にふらりと立ち寄った。参詣を終えてからカサコソと銀杏《いちょう》の落ち葉を踏んで、軒行灯《のきあんどん》に「御休処」と書いてある茶屋に足を向ける。店のずんでいた。


前に置かれた床机《しょうぎ》には何人もの客が腰を下ろしていて、座れない客たちがその周辺にたた
「ずいぶん繁昌しているようだな」

次郎兵衛は葭簀《よしず》囲いの中にいる老人の背中に声をかけた。

客が求める手拭いを売っていた親父の五兵衛《ごへえ》が振り返り、「これはこれは春信先生」と満面の笑みを浮かべた。客に釣り銭を渡すと、「お仙。春信先生が見えたよ」と茶こしに茶を入れている若い女に声をかけた。

茶屋ではその都度《つど》煮ることもあったが、簡便であるため小ざるの中に茶葉を入れて茶釜の熱湯をかける漉茶《こしちゃ》が多かった。

「あら。先生、よくいらっしゃいました」

振り返った娘の額《ひたい》から粒のような汗がしたたっていたが、その容貌はもう一人いる茶屋娘とは雲泥《うんでい》の差だった。

(さすがは鍵屋《かぎや》の看板娘……)

次郎兵衛は改めて抜けるように白い娘の瓜実顔《うりざねがお》を眺めた。

お仙は客あしらいも上手で、かいがいしく働く姿の周囲には別の空気が漂っているよう

な印象を与えた。

「先生、お一つどうぞ」

お仙はにっこりと笑うと、床机に腰を下ろした次郎兵衛の前に茶碗を置いた。赤い前垂《まえだ》れが眼にまぶしい。

「新しい娘が入ったのかい？」

「ええ。このところ忙しくて忙しくて……。あたし一人じゃ手が足りないんです」

「茶屋というより絵草紙屋《えぞうしや》のようだな」

店の奥の棚にはお仙を描いた美人画、絵草紙、双六《すごろく》などが置かれていて、引きも切らずに客たちが買っていく。

「先生のお陰です」

お仙はそのころ、市井《しせい》の美人を題材に錦絵を手がけていた次郎兵衛の絵に描かれ、そのまれに見る美しさから江戸中の評判となった。

次郎兵衛が描く浮世絵のお陰でお仙の評判はうなぎ登りとなり、お仙見たさに笠森稲荷の参拝客が急増したとまでいわれた。

（この娘は、やはり絵になる……）

次郎兵衛はお仙を十点以上も錦絵に描いている。お仙は宝暦元年の生まれで、十三歳のときから家業の水茶屋の茶汲み女として働いているが、当時から評判は良かった。

「ところで芝居を見てきたかい？」

「それが忙しくて、まだ見ていないんですよ」

お仙が汗を拭き拭き次郎兵衛に答える。娘らしく根を高く上げた奴島田《やっこしまだ》が初々しい。

「そいつは残念だな」

「それに自分が芝居になったなんて、なんだか気恥ずかしくて……」

この七月、森田座で中村松江《まつえ》が笠森お仙に扮《ふん》して大当たりをとっていた。松江は宝暦十一年に上方から江戸に下ってきた女形だ。

「あれから三年か……」

次郎兵衛が茶を喫して感慨深そうに言った。

「初めは変なおじさん、って思いましたよ」

お仙がくすっと笑った。

「茶碗も手にしないで、あたしの動きを大きな目でじっと見つめているんだもの。気味が悪かった」

「うむ。巷《ちまた》で評判の笠森お仙とはどんな娘かと思って、まずはじっくりと、な」

細身の体に大きな目玉をギョロリと光らせて、次郎兵衛はお仙を見つめた。

「それでどうでした？」

「参った。たしかに美人だった」

言われてお仙は頬を少し赤くした。客商売をしているとはいえ、玄人女《くろうと》とは違って初《うぶ》なところがある。それがまた客にはたまらない魅力なのだろう。

近ごろ「娘評判記」の類が流行しているが、番付を見ると遊女を抑えて水茶屋の娘が上位になっている。遊女や芸者などの玄人よりも素人《しろうと》っぽい初々しさが人気を呼んでいるらしい。

「お藤《ふじ》やお芳《よし》よりも、わたしはお仙を気に入った」

次郎兵衛は茶碗の底を撫でながら言った。

お仙は近ごろ、浅草奥山の楊枝《ようじ》屋・本柳屋《もとやなぎや》のお藤と人気を二分している。もう一人、二《に》十軒茶屋《じっけんぢゃや》の水茶屋・蔦屋《つたや》のお芳も含めて、三人は「江戸の三美人」「明和《めいわ》三美人」としてもてはやされていた。だが、三人の中でもお仙の人気は群を抜いていた。

お仙は、「向こう横町のお稲荷さんへ　一銭《いっせん》あげて　ちゃっと拝んでお仙の茶屋へ　腰をかけたら渋茶《しぶちゃ》を出して　渋茶よこよこ横目で見たら　米の団子《だんご》か土の団子か　お団子団子　この団子を犬にやろうか猫にやろうか　とうとうとんびにさらわれた」と手毬《てまり》歌にも歌われるほどの著名人となっていた。

「ごちそうさま」

商家の手代らしき男がお仙に声をかけて、床机の上に五十文置いていった。普通の渋茶屋なら八文も置けばいいところ、鍵屋ではお仙の眼福《がんぷく》の礼にと三十文から五十文、多い時には百文も置いていく客もあった。

客の波がひとしきり引いたところで、再びお仙がやって来た。

「先生、この間、嫌なことがあったんですよ」

辺りを憚《はばか》るような小声になって、お仙は次郎兵衛の耳元で囁《ささや》いた。鼻先にプーンといい香りが漂った。

「嫌なこととは？」

「実は……」

お仙は次のような話を始めた。

つい先日の昼下がりのこと。

笠森稲荷にあるもう一軒の茶屋に勤める十七歳の娘が、三十代の商人風の男に店で声をかけられた。「浮世絵に描かせてやるから」との誘いに、お仙のように有名になりたいという願望を抱いていた娘は、後日、指定された場所に出向いた。

ところが何の疑いもなく出向いたその場所は、出会茶屋《であいぢゃや》だった。男は娘に無理やりに酒を飲ませて昏睡《こんすい》状態にしたうえで手込めにした。さらに、「黙っていてほしければ金を出せ」と口止め料まで要求した。娘は泣く泣く要求に応じたが、それを知った父親が知り合いのご用聞きに相談し、男は捕縛されたあと遠島となった。取り調べを進めると、男が何人もの娘を毒牙《どくが》にかけていることが判明したという。

「お菊ちゃんが可哀想で……」

そう打ち明けるお仙の体は、ぶるぶると小刻みに震えていた。

お菊というのが被害にあった娘の名であるらしい。

(色の道に若いも年寄りもない、か……)

次郎兵衛はお仙の話を聞きながら後悔していることがある。

実は、次郎兵衛がお仙やお藤を錦絵にやたらと描くので、美少女たちを熱狂的に崇拝する男たちが何とかして彼女らに接触しようと画策《かくさく》するようになったのだ。その男たちの欲望の火に油を注ぐようになったきっかけの一つが、次郎兵衛が描くお仙のあぶな絵だった。団子の皿を盆にのせたお仙が後ろをふり返って足下を見るという構図だが、その着物の裾が膝のあたりまで露わになっていて、白い脛《はぎ》がちらりと見えるのだ。

（あれは、少しやりすぎたか……）

たしかに売れ行きはよかったが、次郎兵衛は今は後悔している。

近ごろ、江戸の若い娘たちがお仙やお藤にあやかって、有名になろうと機会をうかがっている。だが皆が皆、お仙やお藤のようになれるわけではない。

（若い娘というのは、それだけで美しいものなんだがな……）

笠森稲荷からの帰路、次郎兵衛はおのれの絵師としての功罪《こうざい》を考えざるを得なかった。

その数日後のことである。

左官屋の倅の太助が、腰障子をあけて声をかけてきた。

「大家さん、源内さんが面白い本ができたから来ないかと言ってるよ」

「そうかい。ありがとう」

次郎兵衛は太助の手に大福《だいふく》を一つ渡した。太助は大喜びで走っていった。

「どれどれ、行ってみるか」

次郎兵衛は立ち上がると、長屋の西端にある源内の住まいを訪れた。

「源内さん、お邪魔しますよ」

戸口で次郎兵衛が声をかけると、「お上がんなさい」という源内の声が答えた。

次郎兵衛が座敷に上がると、さっそく源内は一冊の本を前に置いた。

「こんな本ができたものだから」

表紙に『痿陰隠逸伝』という文字が見える。

「なえまらいんいつでん、と読むんです」

「なえまら？」

次郎兵衛が訝《いぶか》しげに訊ねると、「そう、萎《な》えた魔羅《まら》ってことです」と嬉しそうに源内は答えた。

「こいつは前半分で唐土《もろこし》、天竺《てんじく》、本朝《ほんちょう》の歴史を好き勝手に論じていますが、後半分では私の不遇な人生を愚痴《ぐち》混じりに記している。まあ、やけっぱちになって、おのれの思いの丈《たけ》を書き散らしたって本です。これまで私は何にでも首を突っ込んできたが、なかなか世の中で地位を得るのはむずかしいですね」

源内には珍しい弱気の発言だった。

「そうそう、こっちは私が書いたものではないが。洋書の目録です」

源内はそう言って、分厚いもう一冊の本を差し出した。

『物産書目《ぶつさんしょもく》』という書名が見える。

源内はオランダ商館長の江戸参府の際に洋書を購入するのを習いとしているが、それはおのれが見て楽しむばかりでなく、多くの人に見せたいからだという。

「外国《とつくに》の進んだ学問を皆で学ぶことで、この国の学問の質を高めたいというのが私の望みなんですよ」

私利私欲のために洋書を購入しているわけではない、と源内は言いたいのだと次郎兵衛は理解した。と同時に、源内の言葉には信念が込められている、と次郎兵衛は感心した。

三

年が明けて明和六年。

三月三日は雛祭《ひなまつ》り。桃の節句ともいい、五節句の一つである。江戸の町中に、行商の白《しろ》酒《ざけ》売りがやって来る。天秤棒の両端にさげた桶に「山川白酒」と書いてある。「山川」は白酒の代表的な銘柄だ。

武家では豪華な雛を座敷いっぱいに並べるが、町家は狭いので雛壇飾りですませる。いずれにしても端午《たんご》の節句同様、子供の健康と幸福を祈る親心の表れである。

次郎兵衛はその日、ぶらぶらと湯島《ゆしま》天神までやって来た。

雛祭りの翌日からここで泉州石津《せんしゅういしづ》大社の開帳があり、その錦絵の依頼が版元からあったからである。源内にも一緒に見物に行こうと誘ったのだが、所用があるということで断られた。相変わらず、あちこちを飛び回っているらしい。

表門の鳥居をくぐると、茶屋、揚弓場《ようきゅうば》、芝居小屋などが見える。遊楽を求めて若い男女や家族連れが大勢集まっていた。

正面が本殿で、右手に女坂《おんなざか》と男坂《おとこざか》がある。ここは台地になっているので、見渡すと下の方に不忍池《しのばずのいけ》、上の方には東叡山《とうえいざん》寛永寺の森が見える。

(おっ、あそこだな)

次郎兵衛は人だかりがしている神楽《かぐら》堂までやって来て、「乙女《おとめ》神楽」を見物した。

振袖の上に千早《ちはや》を着て、華麗に優雅に神楽を舞う二人の巫女《みこ》姿が目に入る。名はお波《なみ》、お初《はつ》という。

（うむ。やはり若い娘の舞い姿はいいものだ）

次郎兵衛は画帳を開き、矢立から筆を取り出して二人の舞い姿を描き止めた。

（それにしても、お仙はどこに行ったのか……）

次郎兵衛はふと、茶屋娘のことを思い出した。

次郎兵衛が描く笠森お仙や本柳屋お藤などの美人画がきっかけとなって、江戸の人々は美しい若い娘を探し出しては格付けするという遊びに熱中していた。湯島天神での「乙女神楽」に大勢の観客が押し寄せているというのも、その流行の現れだった。

この流行に拍車《はくしゃ》をかけたのが「娘評判記」の出版であった。いわば、江戸の美人の格付けだ。ところが、これがあまりにも過熱状態になり、この六月、幕府からとうとう発売禁止の触れが出た。前年の女義太夫《おんなぎだゆう》に続き、風俗紊乱《びんらん》を警戒してのことだった。

（お藤も美人になった……）

次郎兵衛が初めて本柳屋でお藤を見かけたのが、宝暦十四年のこと。当時、お藤は十二、三歳だった。「この娘はやがて江戸で一二を争う美人になるだろう」という予想どおり、今やお仙を凌《しの》ぐほどの美人に成長し、「銀杏娘《いちょう》」と呼ばれている。

お藤の人気ぶりはお仙同様、錦絵や絵草紙に描かれたり、手拭いにも染められたりしていることにもよく表れている。正月には市村座の芝居にも登場し、二代目・瀬川菊之丞がお藤を演じていた。

「なんぼ笠森お仙でも　いちょう娘にかなやしょまい」という童謡が流行し、今やお藤の人気は頂点に達しているといってもいいほどである。

「何も庶民の楽しみを奪うことはないじゃねえか」

源内は「娘評判記」の取り締まりに反発したが、次郎兵衛は一過性のものだと楽観していた。

（取り締まり、取り締まりと騒いでいるが、どうせ初めだけのことだ）

そう思って、次郎兵衛はコツコツと仕事を続けている。

『今様妻鑑』は墨摺半紙本で全三冊。藤原公任《ふじわらのきんとう》撰の『和漢朗詠集《わかんろうえいしゅう》』から有名な詩文を抜き出し、それに次郎兵衛の絵を添えている。『絵本武の林』『絵本浮世袋』などの絵本も刊行した。

さらに、「座敷八景」を枕絵に作り替えた『風流座敷八景』も出版した。

（絵師は絵を描くしかない……）

次郎兵衛はそう自分に言い聞かせている。

八月に、田沼意次《たぬまおきつぐ》が老中格となった。賄賂《わいろ》政治と批判されながらも、意次は幕府の要職につき、いよいよ重商政策に拍車がかかるかと、ご政道に関わる者の噂が絶えない。

(田沼といえば、源内さんはどうしているか……)

源内はときどき、会話のなかで「田沼様が……」と口走ってしまい、慌てて口をつぐむことがある。次郎兵衛は以前から、源内の経済的背景には大物がいるのではないかと推察しているのだが、その一人が田沼意次だろうと考えている。

次郎兵衛自身もこのところ仕事で忙しかったので、源内とは顔を合わせていない。

(相変わらず、全国を飛び回っているのかな)

雪も降って寒さがひとしお身に染みる十二月のある日、その源内が珍しく元気のなさそうな顔をして次郎兵衛の家を訪れた。

「久しぶりですね。元気でしたか」

次郎兵衛が火鉢のそばに近づくように言う。

「甘藷《かんしょ》先生が死んでしまった……」

うなだれたまま座敷に上がった源内は、ぽつんと言った。

甘藷先生とは、儒学者で古文書や実学を重んじた青木昆陽《こんよう》のこと。大岡忠相《ただすけ》や八代将軍・吉宗《よしむね》に重用され、幕府書物方となって諸国の古文書を調査する仕事に携わった。蘭学を学び、農学を究め、救荒《きゆうこう》食物として甘藷の栽培を奨励した人物である。もとは日本橋の魚問屋の息子だったが、学問一つで幕府の重職についた実力は源内の範《はん》とするところだった。

「真淵《まぶち》先生も亡くなった」

賀茂真淵は十月に七十三歳で死去した。

『万葉集』『古今和歌集』といった和歌、『古事記』や『日本書紀』といった史書をこの碩《せき》学《がく》から学んだ経験は、源内にとっては宝物にも匹敵する。

「去る者日々に疎《うと》し、とはいうが、私らの身もいつどうなるか、分かったもんじゃないね」

源内のそのひと言が次郎兵衛の胸に突き刺さった。

実はこのごろ、心ノ臓の痛みがさらに酷くなっていた。胸の真ん中からやや左胸にかけて強く痛むときが多い。呼吸が苦しく、吐き気もする。しばらく続く胸の痛みに対処するには、じっとうずくまってやり過ごすしかない。そんなときは、絵筆を持つ気力もなくなる。

（人はいつの間にか年を取っている。死はかならずしも前からはやって来ない。後ろからそっと近づいてくるのだ……）

そんな一節を次郎兵衛は、どこかで聞いた覚えがあった。

次郎兵衛は、店子《たなこ》の伊兵衛のことをふと思い出した。

あのあと、伊兵衛は体を壊して寝込み、ひと月半ほどして死去した。長年、労咳《ろうがい》を患《わずら》っていたらしい。長屋の住人から知らせを受けた次郎兵衛は、早桶《はやおけ》を用意し、その後の葬式一切《いっさい》を取り仕切った。身寄りのない伊兵衛の遺体は焼かれて骨になり、近くの寺の無縁墓に埋められた。

伊兵衛にくらべれば、次郎兵衛はまだ少しは蓄えもあるし、必死で倹約をするほど経済に困窮しているわけではない。だが老いは確実に近づいているし、ひとたび病にかかれば寝たきりの生活を余儀なくされる。

（そのときは、そのときか……）

次郎兵衛は寒気のためだけではなく、ぶるっと身を震わせた。

四

この年、明和六年に大田南畝《おおたなんぽ》は早くも『寝惚《ねぼけ》先生文集』に続く戯作《げさく》第二作、『売飴土平《あめうりどへいが》伝《でん》』を申椒堂《しんしょうどう》という版元から出版している。作者名は紬羅山人となっているが、風来山人《ふうらいさんじん》（源内）の序に「人因《よ》ツテ寝惚子ト号ス」とあるので、読者は南畝であると容易に理解できた。

内容は、唐人装束《しょうぞく》で歌をうたいながら飴を売り歩いていた奥州《おうしゅう》仙台の土平《どへい》という飴《あめ》売りと、笠森稲荷の水茶屋のお仙を、俗語俗謡を交えた漢文体で面白おかしく対話させた読み物。南畝はこの本で、お仙の美貌を絶賛している。

南畝に頼まれて、ここに次郎兵衛は挿絵を描いている。そもそもお仙の姿絵は次郎兵衛の得意とするところである。

体調が思わしくない次郎兵衛の仕事量はずいぶん減ってきたが、そこへ思いがけない大きな仕事が舞い込んできた。

吉原の遊女を百人以上も描き、そこに自作の句を添えるという企画である。多色摺の絵本にしたいとのことで、完成すれば春信美人画の集大成となる。

「体の調子も今ひとつだし、百人以上も描くとなると並でない手間暇がかかる」

次郎兵衛が言い訳をしても、通油町《とおりあぶらちょう》の書肆《しょし》・丸屋甚八《じんぱち》は諦める気配がない。

「そこを何とか……。通いが面倒なら、流連《いつづけ》でもけっこうですから」

神田の自宅から日本堤《にほんづつみ》の吉原《よしわら》まで通うのが大変なら、遊郭に居続けてもいいという破格の扱いである。次郎兵衛は少し食指が動いた。

「そもそも私は、玄人女《くろうと》は苦手なんだ。あの見え見えの手練手管《てれんてくだ》というやつが、どうにも煩《わずら》わしくてしようがない」

「春信先生、実は……」

丸屋の話だと、江戸座《えどざ》宗匠の笠屋左簾《かさやされん》のたっての希望だという。左簾といえば、絵暦で次郎兵衛を支援してくれた大久保忠舒《ただのぶ》とも親交のあった人物である。

「大久保様からもぜひ、春信先生に引き受けていただきたいとのお言葉を聞いております」

次郎兵衛の今日あるのは大久保の援助のお陰。無下《むげ》に断るわけにもいかなくなった。

「よろしい。引き受けましょう。ただし、紙、筆、絵具など、材料や道具は好き勝手に選ばせてもらいます。彫師、摺師も私の目にかなった人を選ばせてもらいます」

次郎兵衛の頭には、錦絵の草創期にともに仕事をした彫師の遠藤松五郎《まつごろう》（五緑《ごろく》）と摺師の小川八五郎《はちごろう》（八調《はっちょう》）の顔が浮かんだ。

「はい、そりゃあ、先生のお好きなように。存分にお描きください」

丸屋が帰ってから、次郎兵衛の心に引き受けない方がよかったか、とふと後悔の念がわいた。

「なるようにしかならないさ……」

次郎兵衛は自分に言い聞かせて、傍らの徳利から盃に酒を注いだ。

五

結局、次郎兵衛は数日置きに吉原に通うことにした。

健康であれば徒歩でいけない距離ではないが、次郎兵衛は駕籠《かご》をつかった。胸の痛みや息苦しさが突然起こるからである。激しい動悸がしたり、脈が乱れたりする。肩が重く、腕がしびれる。幸い、痛みは左上半身に集中しているので、絵筆を握るのにさほど支障はない。だが、肩で息をしながら、このまま死ぬかもしれないと覚悟することは一度や二度ではなかった。

（行くところまで行くしかない……）

日本堤を走って目印の見返り柳を折れて衣紋坂《えもんざか》を下り、五十間道《ごじっけんみち》を行けば大門口《おおもんぐち》。ここをくぐれば中央通りの仲の町《なかのちょう》が延びている。両側には引手茶屋《ひきてぢゃや》が軒を並べ、その間の横町を入れば両側に大小の妓楼《ぎろう》がある。

吉原は江戸町《えどちょう》一丁目、二丁目、角町《すみちょう》、京町《きょうまち》一丁目、二丁目、揚屋を集めた揚屋町《あげやまち》の六町からなっている。

次郎兵衛は妓楼があった五丁町に限って取材した。案内には丸屋が手配した中年の男がいて、各妓楼に上がると次郎兵衛の仕事の内容を伝え、協力してくれるよう話をつけてくれた。

妓楼をまわりながら、次郎兵衛は四季の風俗によって描き分けようと構想を練った。全部で五巻にする予定だった。

第一巻は春。江戸町一丁目の妓楼の遊女を描き、桜を詠んだ句を添える。

第二巻は夏。江戸町二丁目の妓楼の遊女を描き、不如帰《ほととぎす》を詠んだ句を添える。

第三巻は秋。角町の妓楼の遊女を描き、月を詠んだ句を添える。

第四巻も秋。京町一丁目の妓楼の遊女を描き、紅葉を詠んだ句を添える。

第五巻は冬。京町二丁目の遊女を描き、雪を詠んだ句を添える。

次郎兵衛はこの作品で、さまざまな機知と諧謔《かいぎゃく》を表現している。

少林寺《しょうりんじ》で九年間壁に向かって修行したといわれる達磨《だるま》と遊郭で長期間働かされる遊女との、「面壁《めんへき》九年」「苦界《くがい》十年」の取り合わせ。

遊女が錦絵を見ている膝元に、「鈴木春信筆　東《あずま》にしきゑ」と書かれた包紙を描き、自己宣伝をする茶目《ちゃめ》っ気《け》。

絵を描こうとする遊女が頬杖《ほおづえ》をつく文机の上に『宋紫石画譜《そうしせきがふ》』という画集をそっと描いているのは、親しくしていた宋紫石への敬愛の情。そして、この遊女は次郎兵衛自身を当て込んでいる。

家田屋のこの春、若菜屋のからさき、松葉屋のわかな、四目屋のとみ山……どの遊女も次郎兵衛にとっては忘れがたい女たちとなった。

暮れも押し詰まって、ようやく百六十六枚の下絵を描き終わると、次郎兵衛はほっと肩の荷を降ろしたような気になった。

戸外からすでに朝日が差し込んでいる。冷気が体に染みるが、心は晴れ晴れとしている。

（これは大和絵師としての私の遺作だな……）

書名は『絵本青楼美人合』と決まっていた。「青楼《せいろう》」とは遊郭の漢文的表現だが、次郎兵衛はこれを「よしわら」と読ませることにした。

「よしわらびじんあわせ……。いい書名だ」

次郎兵衛はそう呟くと、静かに微笑んだ。

終章　季節はめぐる

一

明和七年一月、勝川春章《かつかわしゅんしょう》と一筆斎文調《いっぴつさいぶんちょう》が『絵本舞台扇《ぶたいおうぎ》』を刊行した。浮世絵界初の全編多色摺の版本で、扇形に区切った画面に役者の半身像を描いている。

主に春章が立役《たちやく》を、文調が女形を描いたが、これが功《こう》を奏《そう》してなかなか評判がいい。

次郎兵衛は先を越された、と思った。錦絵の創始者としての名にかけて、最初に多色摺絵本を上梓するのはおのれであったのに、と臍《ほぞ》を噛《か》んだ。

（あれの出版が後になってしまった……）

あれ、とは『絵本青楼美人合《よしわらびじんあわせ》』のことである。

意気込んでいただけに、次郎兵衛の落胆は大きかった。

近ごろ頻繁に心ノ臓に痛みが生じる。体力の衰えが気力の衰えにつながっている。

二月になって、笠森稲荷のお仙が突然、鍵屋から姿を消した。今、店には老齢の父親がいるだけだ。茶屋の看板娘が薬缶頭《やかんあたま》の親父に変わったというので、「とんだ茶釜が薬缶に化けた」と町の雀はかまびすしく言い合っていた。

お仙の蒸発事件は尾ひれがついて、人気女形の二代目・瀬川菊之丞との駆け落ち説まで出る始末で、消えた理由がさまざまに憶測された。

「親父さん、本当のところはどうなんだ？」

次郎兵衛が茶屋に足を運び、父親の五兵衛に委細《いさい》を訊ねると、意外な言葉が返ってきた。

「実は……」と五兵衛は語った。

お仙は、幕府旗本御庭番《おにわばん》で笠森稲荷の地主でもある倉地満済《くらちまずみ》（政之助）の元に嫁いだのだという。結婚を公にしなかったのは、お仙に懸想《けそう》する男が何人もいて、お仙の行方をしつこく訊ねてくるのが煩わしかったことに加え、嫁ぎ先が諸事物堅《ものがた》い旗本ということで何かと噂を立てられるのを先方が不快に思っていたせいもあった、と五兵衛は言い訳をした。

「それにしても水臭いじゃないか。せめて私にだけは言ってほしかった」

次郎兵衛は五兵衛をなじった。

あれほど多くの錦絵を描き、お仙の人気を盛り立てたのはいったい誰だったのか、と言いたかった。

突然、目の前から偶像が消失したことに次郎兵衛は地団駄《じだんだ》を踏んだ。

二

季節は春から夏に向かい、気候もよくなって来た。餌《えさ》を求めて青い空を飛び交う燕の姿が目につくようになった。

次郎兵衛が夕餉を済ませて茶を喫していると、家の腰障子が少し開いて声がした。

「大家さん、ちょっと相談事があるんですが」

次郎兵衛の三軒隣に住んでいる娘が顔を出した。

「これはお梅《うめ》さん。どうしなさった」

「実は、姉が三日前から帰ってこないんです」

「えっ」

次郎兵衛は思わず大声を出した。お久《ひさ》とお梅の姉妹は、一年ほど前に深川からこの長屋に引っ越してきた。両親はすでに他界して、姉妹の二人暮らしである。姉のお久は神田《かんだ》明神《みょうじん》裏にある料理屋に勤め、妹のお梅は鍛冶町《かじちょう》一丁目にある履物《はきもの》問屋に勤めている。仲のいい姉妹だと、日ごろから長屋の住人たちは褒めそやしていた。

「何か心当たりはあるかい」

次郎兵衛は訊ねた。

「はい。実は近ごろ姉さんにはつきあい始めた男の人がいましたが、しっくり行かなくなったようで、姉さん、怒りっぽくなって」

お梅の話に次郎兵衛の目が鋭くなった。

「その男の名は？」

「利三郎《りさぶろう》と言います。二十四になるとか。姉さんが働いている料理屋で出会ったのがきっかけだったと聞いています。大伝馬町《おおてんまちょう》一丁目の木綿《もめん》問屋・備後屋《びんごや》で働いていると姉さんが言っていました」

「それで、お久さんはしばらく留守にするとか何とか言っていたのかい」

「いいえ。そんなけぶりも見せませんでした」

「うーむ」

次郎兵衛は腕を組み、考え込んだ。

「とにかく明日、ご用聞きの幸助さんに相談してみよう」

あまり心配するな、と言って次郎兵衛はお梅を帰した。

翌日の朝早く、次郎兵衛は自身番まで出かけ、幸助に事の次第を伝えた。

「分かりました。まずは姿を消す前、長屋の中にお久を見かけた者がいるかどうか、調べてみましょう」

次郎兵衛は幸助とともに長屋に引き返すと、一緒に一軒一軒訪ねて回った。すると姉妹の家の真向かいに住むお恵《けい》から重要な情報を聞き込んだ。

「そういえば、お久ちゃんの家の前に荷車がとまっていたのを見ましたよ。あれは三日前、いや四日前だったかしら。菅笠《すげがさ》をかぶった男が丸めた蚊帳《かや》を荷台に積んで木戸を出ていきましたっけ」

お恵は思い出したように話した。

「あたしゃ、てっきり古蚊帳の引き取りかと思って気にもとめなかったんだけど……」

「おそらく蚊帳の中身はお久でしょう。菅笠で顔を隠した利三郎が、お久の死体を蚊帳で包んで運んでいったと考えられます」

幸助が自分の推理を次郎兵衛に伝えた。

「すぐ手配して利三郎を捕まえましょう」

幸助は長屋を飛び出していった。

その日の夕暮近く、息せき切って幸助が長屋にやって来た。

「次郎兵衛さん、煮売《にう》り酒屋にいた利三郎の野郎を捕まえて締め上げたところ、お久殺しを白状しましたよ」

「やはりお久さんは殺されていたか……」

次郎兵衛はがっくりと肩を落とした。

幸助の話によれば、利三郎の自供どおり、お久の死体は護持院ヶ原《ごじいんがはら》の草むらの中で発見されたという。護持院ヶ原は蓬《よもぎ》や薄《すすき》が生い茂る広い野原で、昼は行楽客で賑わうが、夜は誰も近寄らない寂しい場所だ。

「お梅に聞いたとおり、目の下に黒子《ほくろ》があるところや、着物の柄《がら》などからお久に間違いはねえでしょう」

死体はすでに自身番に運ばれているというので、次郎兵衛は幸助とともに駆けつけた。筵《むしろ》のうえには無残なお久の死体が横たわっていた。

「絞め殺されたようで、首の回りに紐《ひも》のような跡がついています。ちょうど両隣が空き家だったというので、うめき声も聞かれなかったようです」

はっ、と次郎兵衛は思い出した。

たしかに、姉妹の家の右隣には半次郎とお松と幼子が住んでいたが、半次郎が起こした不祥事のあと、一家揃ってお松の在所の常陸高萩《ひたちたかはぎ》に帰ってしまったので、今は空《あ》いている。左隣の家も、一人暮らしの伊兵衛が労咳《ろうがい》で死んでしまったあとは空いたままだった。

(不運が重なったとはいえ、可哀想なことをした……)

詮《せん》ないこととは分かっていながら、次郎兵衛は自分を責めた。

「姉さん！」

下っ引きの佐平次に連れられて仕事場から駆けつけたお梅が、お久の死体に取りすがった。

「実はお久さんは身籠《みご》もっていたようで」

幸助の言葉を聞いたお梅の顔がさっと青ざめた。

「それじゃ、姉さんは……」

「うむ。たぶん利三郎の子だろう」

幸助はお梅に語った。

利三郎の自供によれば、利三郎にはお久の他につきあっている娘がいたという。本町四丁目《ほんちょう》で薬種屋を営む上総屋《かずさや》の娘で、お千加《ちか》という。備後屋によくやって来るお千加と懇ろ《ねんご》になった利三郎は、お千加の両親にも気に入られ、近々結納《ゆいのう》を交わすことになっていたとのこと。そこで邪魔になったお久と何とかして別れようと説得をし続けてきたのだが、お久は聞く耳を持たなかった。かくなる上は、お久にこの世からいなくなってもらおうと殺害を決意したというのだった。

「身勝手な野郎でさ。これでお千加との祝言《しゅうげん》は立ち消えになったわけですが、浮かばれねえのはお久でしょう」

姉の死体に泣きすがるお梅の背中を見つめながら幸助が言った。

娘の将来を思って人を殺め《あや》ようとしたお豊、職人らとのいさかいで右腕を失い、妻子とともに江戸を離れた半次郎、悪仲間らの暴行を受けたあと、川に沈められて死んだ十五歳の留蔵、労咳《ろうがい》を患って寝込み、孤独な一生を終えた伊兵衛、姉妹二人で仲良く暮らしてきたのに理不尽にも殺されてしまったお久。

(長屋の住人が次々に不幸になっていくのを見るのはつらいものだ……)

次郎兵衛の心の中には、無常の風が吹くようだった。

その後数日間、次郎兵衛はお久の事件の事後処理で忙殺《ぼうさつ》された。

一方、次郎兵衛の体の調子がそのころから、日増しに悪くなっていった。何をしても息切れがして気だるさが抜けず、絵筆に神経が集中できない。

(酒毒のせいか……)

若いころから浴びるように酒を飲んできたツケが回ってきたのかも知れない、と次郎兵衛は思う。

体にいいからと源内からもらった薬草を煎《せん》じて飲んだり、玄白《げんぱく》の知り合いの医者の診察を受けたりもしたが、相変わらず芳《かんば》しくない。医者は診察後、哀れむように「お大事に」と言って帰っていった。

(私も長くはないのか……。思えば、家主の穂積次郎兵衛と絵師の鈴木春信との二つの人生を生きてきたわけだ。それなりに贅沢《ぜいたく》な一生といえるかな)

次郎兵衛は蒲団に横になったまま、うとうととした。

「もし、もし」

目を開けると、美人が二人立っていた。

「わたくしは笠森山《りゅうしんざん》の仙女《せんじょ》と申します」

どこか笠森《かさもり》稲荷の茶屋娘、お仙《せん》に似た娘が挨拶した。

「わたくしは金龍山《きんりゅうざん》の藤花女《とうみこ》です」

こちらは浅草寺の楊枝《ようじ》屋・本柳屋《もとやなぎや》の看板娘、お藤《ふじ》に似ている。

「これを一服、召し上がれ」

二人から授かった秘薬を服用すると、次郎兵衛はあっという間に豆粒の大きさになってしまった。

こんな豆男になったからには、あちらこちらと他人の閨房《けいぼう》を覗《のぞ》いて歩くのも楽しかろうと次郎兵衛は思った。

(待てよ、これは今描いている春画組物《しゅんがくみもの》の筋書きではないか……)

夢うつつの中で、次郎兵衛は思い出した。

浮世之介《うきよのすけ》という男が二人の仙女から秘薬を授けられ、豆粒ほどの大きさの「真似ゑ《まねえ》もん」になる。この豆男が色道の奥義《おうぎ》を究めようと江戸近郊や吉原に出かけ、他人の秘事をのぞき見るという設定の『風流艶色《ふうりゅうえんしょく》真似ゑもん』。

実はこの豆男は、江嶋其磧《えじまきせき》の浮世草子『魂胆色遊懐男《こんたんいろあそびふところおとこ》』からの借用である。「大豆右衛《まめえ》門《もん》」という主人公が仙女からもらった秘薬で豆粒ほどの大きさになり、他人の懐《ふところ》から魂《たましい》の中にまで入り込む。京、大坂、江戸と移動しながら男女の濡《ぬ》れごとを体験するという内容。この挿絵を担当したのが、次郎兵衛の師である西川祐信《にしかわすけのぶ》だった。

さらに次郎兵衛は『風流艶色真似ゑもん』の中で、祐信の『絵本美徒和艸《みつわぐさ》』から人物の仕種《しぐさ》もちゃっかりと借用していた。

（祐信先生……）

若いころ、京の西川家で過ごした修業時代の思い出が次郎兵衛の脳裏に浮かんだ。

「大家さん、次郎兵衛さん……」

どこか遠くから、次郎兵衛の名を呼ぶ者がいる。

（誰だ、せっかく気持ちよく寝ているのに……）

次郎兵衛は夢うつつの中で、そう呟いた。

「大家さん、どうなさったんです！」

声が大きくなった。

（ああ、お清《きよ》さんか。もう少し寝かせてくれ、もう少し……）

次郎兵衛は少しずつ深い闇の底に沈み込んでいった。

「次郎兵衛さん！」

それが次郎兵衛が最期《さいご》に聞いた声だった。

明和七年六月十五日、自称やまと絵師、鈴木春信死去。享年四十六。

三

春信はこの世の置き土産《みやげ》に、念願の多色摺絵本『絵本青楼美人合』を残していった。この春信の遺作は、実在の吉原の遊女百六十六人の姿を全五巻に描き、上部に遊女各々が詠んだ句を添えて紹介するという俳諧味の強い作品だった。

ところがこの年、出版されたばかりだという『絵本青楼美人合』を手に持った遊女が別の遊女の部屋を訪れる場面を描いた錦絵が市中に出回った。

本書の宣伝を兼ねた作品らしいが、「鈴木春信画」の署名がある。春信が画業に未練を残して、この世によみがえり、自作の宣伝のために描いたのか、と人々は噂しあった。

春信没後、勝川春章、北尾重政《きたおしげまさ》、礒田湖龍斎《いそだこりゅうさい》、一筆斎文調《いっぴつさいぶんちょう》、鳥居清経《とりいきよつね》ら、春信の画風に追随する絵師が多数輩出した。司馬江漢《しばこうかん》（鈴木春重《はるしげ》）は春信落款《らっかん》の偽作も制作したと自ら告白している。春信人気の背景には、江戸の人々が春信が生み出した可憐で繊細な美人画を大いに求めたということがある。

男と女という壁を超えて、人間の情愛を抒情的に描き続けた春信の錦絵は、江戸の人々の誇りでもあった。何よりも春信が描いた浮世絵は、江戸が生み出した絵、すなわち吾妻《あずま》錦絵《にしきえ》なのである。

（了）

編集部註／作品中に一部差別用語とされている表現が含まれていますが、作品の舞台となる時代を忠実に描写するために敢えて使用しております。

あとがき

昨今、再評価されている日本画家で泉鏡花《いずみきようか》と親しかった小村雪岱《こむらせつたい》は「昭和の春信」と呼ばれたそうだが、雪岱は実際、邦枝完二《くにえだかんじ》の小説『おせん』に鈴木春信描くお仙のイメージで表紙絵や挿画を描いている。ところが、『小村雪岱随筆集』を読むと歌川国貞《うたがわくにさだ》のことはよく出てくるのだが、鈴木春信の名は見当たらない。雪岱が、春信独特のうりざね顔で切れ長な目、華奢《きやしや》で繊細な体つきを受け継ぐ女性を描く画家であることは、誰が見ても明らかであると思うのだが、雪岱自身は春信の感化や影響について書き残していない。寡聞《かぶん》にして私が知らないだけかも知れないが、いずれにしても、若い女の着物の裾《すそ》のめくれ具合など、春信ゆずりだと思うのだ。

ひょっとして、雪岱は春信の亜流と呼ばれることに抵抗感でもあったのだろうか。東京美術学校（現・東京芸術大学）卒業という自負もあったのかも知れない。確かに、春信の絶頂期には彼の影響を受けて、文字どおり雨後《うご》の筍《たけのこ》のように多くの春信の模倣者や追随者が出た。例えば、鈴木春重《はるしげ》（司馬江漢《しばこうかん》）、春広《はるひろ》（礒田湖龍斎《いそだこりゅうさい》）、勝川春章《かつかわしゅんしょう》、一筆斎文調《いっぴつさいぶんちょう》、北尾重政《きたおしげまさ》、鳥居清経《とりいきよつね》、鳥居清長《きよなが》、駒井美信《こまいよしのぶ》ら。これは人々がこぞって春信風の浮世絵を求めた結果だろうが、端的にいえばそれほど春信の吾妻錦絵は人気を博していたということである。習作期の模倣はどんな絵師や画家にもあることで、それを肥やしにして自分なりの画風を確立すればいいのである。それを吐露したことで非難されることはないはずである。

　田辺聖子《たなべせいこ》の『古今盛衰抄《こきんせいすいしょう》』のなかに、春信について述べた文章がある。「私は以前に春信の浮世絵をみてから、すっかり魅せられてしまい、浮世絵では春信に及ぶものはない、と思いつめていた。（略）おそらく、私が春信を好きと思ったのは、少女時代親しんだ中原淳一の少女の絵からではないか。（略）私はかなりの年配になって鈴木春信の絵に接したのだが、あ、ここに中原淳一がいる、と思ったおどろきは忘れがたい。淳一の絵の少女にはなかったおんなが、春信にはあり、しかもその色けは清純でほのぼのしている。春信えがく笠森おせんも、柳屋おふじも、なよなよと力ない手足、上気して力萎《な》えたような物腰でありながら、どこか気品漂い、ひめやかな色香がある」と書いてある。

さすがはプロの文章だと感服するが、実はこのあと「いま最も美しいと思うのは、やはり歌麿である」と書いてあって、なあんだ真打《しんうち》は歌麿であって春信は前座《ぜんざ》だったのか、と肩すかしを食うことになるのだが、その歌麿が美人画の先達《せんだつ》である春信に対して並々ならぬ思慕の念を抱いていたことが分かる作品が何点か残されている。

例えば、「男女虚無僧《こむそう》図」には「故人鈴木春信（の）図」を「喜多川歌麿写（す）」と書き入れがある。春信の「二人虚無僧」を踏まえて、歌麿風のすっきりとした構図に改変している。

また、「おひさと鍵屋お仙」は、歌麿が好んで描いた評判娘の高島屋おひさが、武家に嫁いで三十年ほど経ったと思《おぼ》しき笠森お仙から絵巻を渡される場面を描いている。お仙は春信が頻繁に画題にした水茶屋の看板娘。明和と寛政、新旧の美人の引き継ぎにかこつけて、春信から歌麿に美人画の伝統が受け継がれたかのように見える。

その対《つい》となる「お藤とおきた」では既婚姿のお藤から、若いおきたがうやうやしく巻物を受け取る場面が描かれている。春信時代の本柳屋《もとやなぎや》の看板娘・お藤から、歌麿時代の水茶屋・難波屋《なにわや》の評判娘おきたへの美の奥義《おうぎ》の伝授をほのめかしているようだ。

プライドが高い歌麿のことだから、これらの作品を、自分こそが美人画の正統な後継者であると主張していると解釈するか、それとも素直に先輩に対するリスペクトと考えるかは研究者でも意見が分かれるようだが、どちらにしても歌麿にとって春信という絵師の存在がいかに大きなものであったかということを物語っていると思う。

歌麿といえば、藤沢周平《ふじさわしゅうへい》に『喜多川歌麿女絵草紙《きたがわうたまろおんなえぞうし》』という長編小説があり、その「あとがき」で歌麿、北斎、春潮《しゅんちょう》、写楽《しゃらく》など浮世絵師には出自《しゅつじ》のはっきりしない人物がいて、その「素姓《すじょう》のあいまいさ」ゆえに却って「興味をひく」と藤沢は書いている。

御多分にもれず、吾妻錦絵《あずまにしきえ》の鼻祖《びそ》・鈴木春信も、その前半生の暮らしぶりは曖昧模糊としている。本作に登場する四十歳ころまで、春信がどのような人生を送ってきたのか、履歴は判然としない。春信の作品制作が確認されるのは、宝暦十年（一七六〇）から死因不明で逝去する明和七年（一七七〇）まで。つまり絵師として表舞台で活躍したのは、わずか十年ほど。本姓は穂積《ほづみ》、通称は次郎兵衛《じろべえ》または次兵衛《じへえ》と伝えられる。だが、人物像についてはほとんど分かっていない。

残された資料としては、万象亭《まんぞうてい》（森島中良《もりしまちゅうりょう》）の『反古籠《ほうぐかご》』のなかに、「神田白壁町《しらかべちょう》の戸主なり。画は西川を学ぶ。風来先生と同所にて常に往来す。錦絵は翁の工夫なりといふ」という記述があり、画集や図録によく引用される。

つまり推測するに、春信は神田白壁町に家を持つ比較的裕福な町人で、京の浮世絵師・西川祐信《にしかわすけのぶ》に学び、風来山人《ふうらいさんじん》こと天才・平賀源内《ひらがげんない》と意気投合するほどの高い教養を身につけていたということである。しかも源内とは大家《おおや》と店子《たなこ》の関係にあった。そして西洋画の技法にも精通していた源内が、吾妻錦絵の誕生や命名にも関わっていたと考えるのはあながち暴論とは思われない。

絵を描きながら大家をしていた、あるいは大家をしながら絵を描いていた春信。「事実は小説よりも奇なり」というが、一体、そんな小説のようなことがあるのか。本作は、そんな「まるで小説のような」事実をもとにして書かれた小説である。

執筆の動機として、私は吾妻錦絵の創始者としての春信と、長屋の大家としての穂積次郎兵衛という「二重生活」を描いてみようと考えた。

自らを「画狂老人《がきょうろうじん》」と名のってすべての生活を絵画に捧げる北斎のような絵師ではなく、同時に冷酷に店賃《たなちん》を取り立てる管理能力の高い大家でもない、ただ飲酒と絵を描くのが好きなだけの中年男としての「思古人《しこじん》」(春信の別号)の足跡をたどってみたいと思ったのだった。

資料を調べていくうちに、絵暦《えごよみ》を通じて天才・平賀源内や美人で有名な笠森お仙、奇人といわれる深井志道軒《しどうけん》らとの関わりも分かってきた。また、朝鮮通信使などの時代背景も見えてきて、一編の小説ができあがりそうだと予測が立ち、その後は楽しみながら執筆をつづけた。そして私なりの鈴木春信像というものが形作られていったのだった。

二〇二〇年二月、この国はもちろん世界中が新型コロナ感染のパニックに陥った。「ソーシャル・ディスタンス」だの「3密」だの「新しい生活様式」だの、聞き慣れない言葉が国中を飛び交った。「巣ごもり」という言葉も頻繁に使われ、感染を恐れて外出を控えた人々の関心が、家庭内で楽しめる料理や工芸や読書などに向けられた。

これまで当たり前であると思われていた日常が、こんなにも脆《もろ》く崩れ去るということに人々は驚き、同時にその当たり前の日常のありがたさを痛感した。

春信が好んで取り上げた画題は、若い男女の恥じらいを含んだ逢瀬《おうせ》、母の子に対するやさしい眼差しなど、四季折々に市井に生きる人々のごく平凡な日常だった。おそらく春信自身も、そういった日々の暮らしを大切にし、人間模様をよく観察する人物だったのだと思われる。そして、そんな何気ない日常を画題にした春信の作品を購入して楽しんでいた当時の人々のことを考えると、昔はなんと機微《きび》のある感性豊かな時代であったかと改めて思うのである。

コーヒーか紅茶をゆっくりと飲みながら、春信の画集を傍らに置いて、本書を読んでいただければ作者としてこれ以上の喜びはない。実際に上梓されたら、私自身、そうやってこの本を読んでみたいと思っている。

なお、執筆にあたっては数多くの資料のお世話になった。ひとつひとつ挙げることはしないが、心からお礼を申し上げる。

二〇二一年四月

伊原　勇一

【著者紹介】

伊原　勇一（いはら　ゆういち）

1953年、東京生まれ。早稲田大学卒。

33年間、埼玉県で公立学校の国語教師を勤める。

28年以上にわたるロングセラーの受験参考書『頻出　現代文重要語700』（桐原書店）、イラスト・ネットワーキングで覚える『現代文単語（げんたん）・改訂版』（いいずな書店・共著）、江戸の文芸・絵画をやさしく解説した『江戸のユーモア』（近代文芸社）、幕末の浮世絵師を描いた『反骨の江戸っ子絵師　小説・歌川国芳』（文芸社）、若き日の浮世絵師の夢と挫折を描いた『喜多川歌麿青春画譜』（同）、幕末から明治を生きた天才絵師・河鍋暁斎の破天荒な半生を描いた『明治画鬼草紙』（同）など著書多数。

2021年、『春信あけぼの冊子』（筆名：竹里十郎）にて第21回歴史浪漫文学賞・創作部門優秀賞（１編）を受賞。本書はその改題作。

鈴木春信《すずきはるのぶ》　あけぼの冊子《そうし》

2021年7月15日　第1刷発行

著　者 ― 伊原《いはら》　勇一《ゆういち》

発行者 ― 佐藤　聡

発行所 ― 株式会社 郁朋社《いくほうしや》

〒101-0061　東京都千代田区神田三崎町2-20-4
電　話　03（3234）8923（代表）
ＦＡＸ　03（3234）3948
振　替　00160-5-100328

印刷・製本 ― 日本ハイコム株式会社

落丁、乱丁本はお取り替え致します。

郁朋社ホームページアドレス　http://www.ikuhousha.com
この本に関するご意見・ご感想をメールでお寄せいただく際は、
comment@ikuhousha.com　までお願い致します。

 ISBN978-4-87302-735-7 C0093